UNE MAITRESSE

DE

KLÉBER

PAR J.-F. M.

AUTEUR de la *Princesse Borghèse.*

I.

EN VENTE

CHEZ CHARLES LACHAPELLE,

RUE ST. JACQUES, 75.

—

1836.

Charles Lachapelle, éditeur.

RUE SAINT-JACQUES, 75.

LE MARQUIS

de

BRUNOY.

2 vol. in-8°. — papier satiné.

SOUS PRESSE,

Pour paraître fin de mars 1856.

LIBRAIRIE
De Charles Lachapelle,

Sous Presse, pour paraître le 30 Mars 1836.

LE MARQUIS

DE

BRUNOY.

2 vol. in-8. — papier satiné.

Prospectus.

Au milieu du débordement licencieux de
la cour de Louis XV, au temps où Antoi-
nette Poisson, la fille du boucher, trônait à
Versailles sous le nom de madame de Pom-

padour, vivait, dans un coin de la France, le marquis de Brunoy, ce dissipateur célèbre par son faste et ses prodigalités qui tombaient également sur les gens d'église et sur la bourgeoisie.

Brunoy était un rejeton des quatre frères Pâris, dont l'aîné, Pâris Duverney, fut contrôleur-général sous la régence de Philippe d'Orléans et liquidateur de la banqueroute de l'Écossais Law, et qui aida ses trois frères à faire fortune en leur donnant de fort bons emplois, qu'ils remplirent à la satisfaction de tous les honnêtes gens.

Le père du marquis de Brunoy conserva, jusqu'en 1730, la charge de garde triennal du trésor qui avait été créée pour lui. Bientôt il abandonna les affaires publiques, et mourut en laissant à son fils un immense héritage que les successions de ses oncles, qu'il recueillit à peu de temps de là, augmentèrent encore.

Le jeune marquis avait l'esprit vif, le

cœur bon, l'ame généreuse ; possesseur d'une grande fortune , il en fit d'abord le plus noble usage. La bienfaisance occupait tous ses instans ; mais se trouvant trop à l'étroit dans sa province, il vint à Paris, au milieu de ce gouffre dans lequel la civilisation s'épuisait en de vains efforts , et où les rangs se trouvaient confondus pas suite des désordres des grands seigneurs , qui se mêlaient volontiers à la bourgeoisie , du moment que celleci avait sous son toit de pudiques jeunes filles ou de jolies femmes à caresser. Le marquis de Brunoy se sentit un peu embarrassé au milieu de cette corruption en chair et en os , de cette turpitude qui courait les guinguettes en chenille et les salons en habits brodés. Toutefois , il ne voulut pas paraître étranger aux mœurs et au laisser–aller de cette cohue brillante. Il se fit présenter dans les premiers salons de Paris , où sa bonne mine, son air noble , et plus encore le luxe qu'il affichait le firent remarquer. Il courut

les aventures et les bonnes fortunes , acheta
une petite maison et l'amour d'une comé-
dienne, et en moins de quinze jours il fut
sur un pied respectable.

Il ne lui manquait plus que d'essayer de
la séduction. La fille d'un marchand drapier
de la rue Saint-Honoré, dont on citait l'éclatante beauté , attira les regards du marquis.
Mais elle était vertueuse ; et dans l'excès de
son amour , Brunoy proposa le mariage. Le
drapier accepta avec empressement. Sa fille
ne se montra que soumise : son cœur avait
parlé pour un pauvre petit gentilhomme de
province , léger d'argent, mais riche d'espérances que le drapier, ne jugeant pas devoir
se réaliser de long-temps, refusa d'admettre
comme comptant dans le douaire qu'il exigeait de l'époux de sa fille.

Le marquis de Brunoy connut ces particu-
larités , et en rival généreux, il dota le pauvre
petit gentilhomme qui , cette fois, ne parut
pas un mauvais parti au marchand drapier.

Un mariage unit les deux amans ; mais au moment de jouir de ce bonheur inespéré, la mariée fut enlevée par les soins du pourvoyeur des plaisirs royaux ; et les portes de l'ignoble Parc-aux-Cerfs se refermèrent sur la malheureuse jeune femme.

La carrière du marquis de Brunoy était marquée à chaque pas par de nouvelles prodigalités. Ses héritiers s'en alarmèrent, et conçurent le projet de faire interdire leur trop généreux parent. Un véritable complot de famille s'ourdit dans l'ombre, et bientôt éclata d'une manière scandaleuse. Brunoy s'indigna des manœuvres employées pour lui arracher sa fortune. Il feignit d'abord d'avoir perdu la raison ; et pour donner plus de créances aux singulières prétentions de son avide parenté, il se livra à des actes d'aliénation mentale. L'enquête ordonnée par le parlement fut bientôt remplie ; mais devant ce tribunal, Brunoy démontra qu'il possédait toute sa raison. Cependant on n'en rendit pas moins un arrêt d'interdiction qui jeta le marquis de Brunoy dans une maison de fous.

Nous ne ferons pas connaître le dénoûment de ce drame historique. L'auteur de cet ouvrage, que des succès mérités recommandent à l'attention des lecteurs, a compris sa tâche en homme consciencieux. Brunoy est mort, mais il a laissé des héritiers, et il ne lui appartenait pas de jeter le blâme sur des hommes qui, en se montrant avides, n'en avaient pas moins le droit d'empêcher une immense fortune de passer entre les mains du clergé. Là, où l'histoire contemporaine commençait, l'auteur a dû se taire. Le romancier avait fini son œuvre.

E. Dépée, imprimeur, à Sceaux.

UNE MAITRESSE

DE

KLÉBER.

Romans nouveaux en Vente.

COMMENT MEURENT LES FEMMES, par Carle
    Ledhuy. 2 vol. in-8.   15

MADAME DE TERCY ou l'Amour d'une femme, par Charlotte
    de Sor. 2 vol. in-8.   15

JACQUES-COEUR, ARGENTIER DE CHARLES VII,
    par le baron de Bilderbeck. 2 vol. in-8.   15

LE MARQUIS DE BRUNOY, par Guérin. 2 vol. in-8.   15

LE DÉMON DU MIDI, chronique espagnole, par Alfred de
    Serviez. 2 vol. in-8.   15

UNE MAITRESSE DE KLÉBER, par J.-F. M. 2 vol. in-8. 15

LE PAIR DE FRANCE, par Mᵐᵉ la baronne Aloïse de
    Carlotwitz. 3 vol. in-8.   22 50

LE JÉSUITE, par Spindler. 3 vol. in-8.   15

LES TROIS AS, par le même. 2 vol. in-8.   15

LA PRINCESSE BORGHÈSE. 2 vol. in-8.   15

NEUF JOURS D'HYMEN, par Alfred de Serviez. 2 vol.
    in-8.   15

JEAN LE PARRICIDE, par la baronne Aloïse de Carlotwitz.
    2 vol. in-8.   15

L'INDUSTRIEL OU NOBLESSE ET ROTURE, par le
    baron de Bilderbeck. 2 vol. in-8.   15

MADAME DE PARABÈRE, chronique du Palais-Royal.
    2 vol. in-8.   15

CAGLIOSTRO, par l'auteur des Mémoires de Madame Dubarry.
    2 vol. in-8.   15

L'AUDITEUR AU CONSEIL D'ÉTAT, par l'auteur des Mé-
    moires sur Louis XVIII. 2 vol. in-8.   15

MADEMOISELLE DE ROHAN, par le baron de Lamothe-
    Langon. 2 vol. in-8.   15

LA FILLE D'UN OUVRIER, par Eugène de Massy. 2 vol.
    in-8.   15

L'ARCHEVÊQUE ET LA PROTESTANTE, par Ourliac.
    4 vol. in-12.   12

JEANNE LA NOIRE, par le même. 4 vol. in-12.   12

LA FIGURANTE, par H. Vallée. 4 vol. in-12.   12

LE POMPIER, par le même. 5 vol. in-12.   15

LE BIGAME, par le même. 4 vol in-12.   12

LE PRÊTEUR SUR GAGES, par le même. 5 vol. in-12. 15

LES CHEVALIERS D'INDUSTRIE, par le même. 4 vol.
    in-12.   12

Lagny. — Imprimerie d'A. LE BOYER et Comp.

UNE MAITRESSE

DE

KLEBER

PAR J.-F. M.

AUTEUR de la *Princesse Borghèse*.

I.

EN VENTE

CHEZ CHARLES LACHAPELLE,

RUE ST.-JACQUES, 75.

1836.

1.

—

Le ciel et la terre sont plongés das un calme
profond, mais non dans le sommeil; on dirait qu'ils
respiraient à peine, comme le mortel qui éprouve une
émotion trop vive, et qu'ils sont muet comme lui
lorsque son esprit est absorbé dans de séieuses pensées.

LORD BYRON.

—Oui-da ! trouvez donc un numéro à
c't' heure ! pas une lanterne allumée.....
J' suis ben fâchée de n'avoir pas r'fusé la
commission... Voyons un brin... Ah ! eh !

garde; de 65 à 67, n'y a qu'un pas... Merci mon brave homme.

L'étranger ne répond plus rien, la bavarde passe et cogne rondement à la porte de l'allée qu'elle a tant cherchée. Elle frappe fort, elle appelle... rien, on ne répond pas. Enfin une tête se montre à une croisée d'entresol ! Que demandez-vous ? taisez-vous donc ! n'y a pas de bon sens de faire un tintamarre pareil... A qui en avez-vous donc ?

— Etes-vous la portière, crie la garde-malade ?

— Je suis concierge et touche les loyers en l'absence du propriétaire.

— Connaissez-vous l'abbé d'Etigny ?

— C'est moi qui fais son ménage.

— Pour lors venez m'ouvrir, y faut que j'l'voie tout de suite !

— Qu' n'l' disiez-vous plutôt !

Et la dame concierge passe un jupon, bat

son briquet, recouvre son lit afin de le re-
trouver chaud, descend son escalier tor-
tueux, ouvre, et prend par la main l'autre
femme qu'elle guide avec complaisance, car
le nom de l'abbé, aux oreilles de la dame
concierge, est un talisman qui diminue sa
rudesse de vieille portière, la rend humaine,
patiente, douce, et presqu'aimable.

Donc nos deux commères montent en silence au logis de l'ecclésiastique. La portière
sert de guide à la garde-malade. Celle-ci,
entrée dans le couloir étroit du rez-de-chaussée, se contente de repousser la porte de
l'allée, et suit en tenant la rampe, celle qui
la dirige. Bientôt elles s'arrêtent sur le palier
du troisième étage. La portière tira le cordon d'une sonnette; une minute s'écoule,
on entend du dehors le mouvement des pas!
Que demande-t-on? s'informe une voix bien
faible. — Monsieur l'abbé un malade veut

vous voir tout d' suite, dit la portière. — Me voilà, répond-on...

Et l'appartement est ouvert sans autre observation. Un vieillard vêtu à la hâte d'une robe de chambre, un bougeoir à la main, sourit à nos deux femmes et les prie avec bonhomie d'attendre, afin qu'il passe, observe-t-il, un habit plus décent.

Et tout cela ne dure qu'un moment. Le prêtre revient. Il boutonne sa soutanne, il tient son chapeau, il est à peine chaussé, il fait froid, mais un mourant réclame son ministère; la charité avant tout.

Il fait un geste, et ne s'informe de rien; il suit l'impulsion naturelle de son ame, il ouvre sa porte pour sortir : allons dit-il à l'étrangère... Mais il se rappelle qu'un secours humain peut-être nécessaire aux gens chez lesquels il va porter les espérances du ciel; il prend de l'or dans un tiroir de secrétaire, et sourit encore aux deux femmes...

Ils sont tous trois sur l'escalier. La portière pleure d'admiration, elle reconduit
l'abbé jusque dans la rue : Je vous attendrai,
n'est-ce pas, Monsieur ? — Non madame
Clément... remettez-vous au lit, dites un mot
à Dieu, pour le pauvre souffrant, et dormez;
j'ai pris le passe-partout, je rentrerai sans
vous causer aucun dérangement.

Maintenant le vieux prêtre s'appuie sur sa
nouvelle conductrice. En traversant la rue
St-Antoine, cet honnête ecclésiastique s'informe pour la première fois du nom de la
personne qui le fait demander : Madame de
Bury, répond la garde-malade; et tous deux
ils continuent leur course en gardant le plus
profond silence.

Bientôt ils sont à l'entrée de la rue du
Parc-Royal. La pauvre femme est émue d'une
frayeur quelle cache avec soin. Elle a cru

reconnaître dans un individu qui a passé près d'eux, l'homme qu'elle a déjà rencontré devant la demeure de l'abbé... Si c'était un voleur, un assassin?

Enfin une lumière unique, un de ces signes isolés qui, la nuit, dénotent un grand chagrin, la maladie, la mort peut-être, ou la joie inattendue, laisse appercevoir de loin se détachant la partie du bâtiment quelle éclaire, du fond obscur qui l'environne, fait penser à l'abbé qu'ils vont arriver. Il ne se trompe pas; ils sont attendus. Un jeune enfant fait le guet, assis sur un banc de pierre, au coin de la porte cochère. Il se réjouit de voir revenir la vieille femme, et dans son langage plein de candeur, il raconte au prêtre toute l'impatience que témoigne madame de Bury de recevoir ses consolations.

Le bon vieillard alors fait diligence... Sur le champ on l'introduit dans une chambre

propre, meublée avec simplicité, mais an-
nonçant l'aisance ; là, assis dans un fauteuil
garni de coussins, il aperçoit celle qui l'attend, respirant à peine, prête à expirer, faible et débile, se ranimant un peu à sa vue,
relevant sa tête pâle, lui adressant un léger
signe de gratitude, et d'un mouvement lent
de la main, priant ceux qui l'environnent de
se retirer.

Quand on lui eut obéi, elle sembla retrou-
ver toute son énergie, son œil brilla d'un feu
extraordinaire, et d'une voix assurée elle
engagea le prêtre à prendre place sur un
siége disposé à ces côtés.

L'abbé d'Etigny ému, s'assit en silence:
je vous remercie, Monsieur, dit en cet instant la malade, je suis heureuse de vous
voir; je vous ai fait mander afin de vous
confier mes derniers désirs ; écoutez-moi et

surtout ne m'interrompez point ; il faut que je fasse un assez long récit ; j'ai lieu de craindre que mes forces ne me permettent point de le terminer.

L'abbé s'inclina, madame de Bury commença de la sorte, visiblement agitée, la narration suivante :

« Je suis la fille de paysans aisés qui entourèrent mon enfance de leur amour. J'étais simple, bonne, jolie et sage ; on me chérissait dans notre campagne, j'y pouvais faire quelque peu de bien aux malheureux, j'avais un bon cœur.

» J'atteignais ma quatorzième année quand je devins orpheline. Ah ! mon désespoir fut extrême ! je demeurais seule sur la terre, sans soutien, sans appui ; pas un ami, isolée, pleurant, désirant déjà la mort !

» La dame d'un château voisin apprit mon

infortune; cette personne était humaine, elle me fit venir, me consola, me garda auprès d'elle; elle remplissait pour ma jeunesse toute ma famille perdue, et je l'aimai bientôt comme j'avais aimé mon père et ma mère!

— Oh dieu! dieu! serait-il possible! Mon dieu! n'est-ce point un songe? s'écrie l'abbé en quittant son siége et s'avançant les mains étendues vers celle qui venait de parler.

— *Auguste*, silence, ne vois-tu pas qu'il me faut tout mon courage pour poursuivre; toi, Auguste, vieillard, et moi je vais mourir! toi et moi! Auguste, écoute avec patience...»

Le prêtre est retombé sur son siége, de grosses larmes inondent ses joues vénérables, il attend avec anxiété, puis il obéit et se tait, tandis que tout en lui, indique le combat le plus violent des passions qui se sont réveillées dans son sein.

« Dans la jeunesse, poursuivit madame
de Bury, on oublie un malheur qui, réparé,
n'entraîne pas même à sa suite une longue
mélancolie. La marquise d'Etigny m'élevait
avec soin, me faisait participer à l'instruc-
tion qu'un précepteur était chargé de donner à son petit fils... Auguste, tu avais seize
ans, notre amitié prit naissance au printems
de la vie; alors que le cœur est naïf, et sans
soupçons; aux beaux jours de l'existence
nous nous chérissions avec une si pure tendresse !... Ah! que j'étais heureuse ! et même
encore que ce souvenir est beau !...

— Silence, reprit après une pause la vieille
mourante, silence, je vois bien ton impatience, Auguste; sois sans crainte, je me
sens forte, tu sauras tout, et mon dernier
soupir exhalé sur ton cœur, sera reçu dans
le sein de Dieu, qui sait nos maux, notre

repentir, mais qui ne blâme point l'amour vertueux, émané de sa divine nature.

» Que je trouve de joie à me rappeler les instans heureux, si doux, si fortunés de notre vie; combien la terre était parée, comme les fleurs était belles, le soleil éclatant, l'avenir plein d'espérances; car nos jeunes ames ne se livraient point encore à la réflexion des hommes, ce qui est le plus grand tourment de l'existence. Réunis chaque matin, libre de nous parler, aimés presqu'également d'une femme que sa protection pour l'orpheline, que sa bonté pour tout ce qui souffrait, faisaient paraître à nos yeux, comme l'ange placé par le seigneur aux côtés de ma jeunesse; tout à la fois me charmait... Ah! quel temps de bonheur !... La Providence nous a envoyé des peines; mais le ciel seul nous réserve une joie inaltérable; notre soumission à ses dé-

crets nous aura, j'espère, obtenu sa miséricorde !

» Plusieurs années s'écoulèrent au sein
de cette innocence, et quand on m'enleva
l'illusion, quand ton aïeule, Auguste, arracha le bandeau qui m'aveuglait, je me
crus courageuse, et forte; je me soumis...

» Un matin la marquise me fit appeler
dans son oratoire. Asseyez-vous, Marguerite me dit-elle d'un ton plein de douceur,
et persuadez-vous bien, d'abord, que je vais
vous parler uniquement dans l'intérêt du
repos de votre vie.

» Auguste, ce peu de mots suffit à mon
intelligence. Rien de positif n'éclaira mon
imagination; mais une pensée vive s'offrit à
ma tête, à mon ame : On va m'éloigner de
lui! je ne redoutais que ce malheur, et je
tombai privé de sentimens aux pieds de ma
bienfaitrice.

» Je repris connaissance, la tête appuyée sur sa poitrine. Mes larmes s'étaient faites un passage, j'écoutais cependant, et je promettais avec résignation de me soumettre, car, que pouvais-je espérer?...

— Tu es belle, tu es vertueuse, tu peux vivre heureuse encore, j'ai tout prévu, me dit madame d'Etigny. J'ai trop tardé à me déterminer, sans doute, mais je t'aimais, et *tous deux,* vous étiez si jeunes! éloigne-toi, que l'unique héritier d'un grand nom remplisse sa destinée. Tu ne peux être honorablement à lui... Un engagement sacré l'entraîne ailleurs... pars... il t'aime aussi, lui, il vient avec passion de me faire l'aveu de son amour pour toi... Pauvre jeune fille, j'ai fait imprudemment votre malheur; mais à vos âges on oublie; va! mon amitié ne t'abandonnera jamais!

» Je m'éloignai mystérieusement et avec

désespoir de ce que mon cœur chérissait sur la terre ; en traversant les domaines d'Etigny, je dis adieu à tout ce que je rencontrais : les arbres, les fleurs, les maisons, m'étaient devenus chers. Je les perdais pour jamais, et en partant je regrettais avec amertume ces témoins de mon bonheur fini.

» Auguste, on m'emmena bien loin. Arrivée dans l'asile que je devais à la bonté de la marquise, je résolus un instant de vaincre la passion qui me dévorait. Hélas ! je l'essayai vainement : toi, Auguste, toujours entre le ciel et moi ! je ne te dirai point les efforts que je tentai, pour arracher ton souvenir de mon âme... Ton souvenir brûlait vivant ce faible cœur qui ne m'appartenait plus. La nature, à seize ans, s'était, autour de moi, recouverte d'un voile funèbre, plus de joie, plus d'espérance, plus d'avenir : et pourtant la mort m'épouvantait. Mourir loin de

lui! pensais-je, on lui taira mon destin achevé... il ignorera que mon dernier soupir
murmura son nom chéri!

— Je vous redis, à vous, Auguste, vieillard
prêtre, homme pieux, craignant Dieu, et
faisant le bien, dit la naratrice d'un ton plein
de candeur; oui je vous répète ce que j'é-
prouvais, sans honte, sans remords, avec
joie, car la Providence en déposant dans nos
cœurs le germe des affections terrestres n'a
pas ordonné à de faibles créatures de surmonter un sentiment invincible; elle n'exige
pas, puisque notre volonté est impuissante,
que l'oubli succède à l'amour humain : libres
tous deux, égaux devant elle, était-ce donc
un crime de nous aimer?

» Enfin les années passaient et je me sentais mourir. Plus l'absence se prolongeait et
plus mes douleurs devenaient aigues... j'avais
vingt ans, je vivais seule sur la terre. Je me

sentis tout-à-coup saisie d'horreur à l'idée
de cet abandon : abandonnée, isolée et Auguste vivait!

» Dès-lors je repoussais les consolations
que j'avais jusqu'à ce jour puisées dans ma
jeunesse. L'oubli que j'avais espéré, le repos
que mes tourmens m'avaient fait désirer,
s'enfuyant sans retour; je retirai toutes mes
forces et me laissai abattre. Ah! dès ce moment je fléchis... une pauvre domestique me
soigna, et quand elle crut voir que ma dernière heure était venue, ne consultant que
son zèle, elle fut chercher un prêtre. J'étais
si misérable, si dégoûtée, si malheureuse,
que, seule au milieu d'une campagne, je n'a-
vais depuis quatre années de séjour, reçu
aucun étranger, car j'attendais la nuit pour
prendre un peu d'exercice, fuyant la lumière
qui me montrait des êtres dont j'enviais l'heureuse indifférence.

» Enfin le prêtre parut! c'était toi Auguste! mon Dieu! »

En cet endroit du récit de la malade, l'ecclésiastique s'agenouilla, prit une de ses mains qu'il appuya sur son front incliné et dans cette posture, silencieux, morne, il attendit que la vieille femme reprit sa narration interrompue.

« C'était toi, Auguste! toi prêtre! s'écriat-elle avec chaleur au bout d'un instant, toi tout à moi, fidèle, aimant, m'ayant fait le sacrifice de ta grandeur, de ta fortune! oh! que je suis heureuse! idée à jamais consolante! On n'avait pas vaincu ta volonté, tu avais dit: « *à elle*, elle seule! ou à Dieu! » aussi moi! faible femme je pleurai de bonheur!

» Bientôt je pus te parler avec calme: venez, te dis-je, car le malheur avait laissé des traces sur ton visage, et en le considérant avec attention; la vénération due à ton

saint caractère, m'inspira le respect oublié
d'abord; venez m'ouvrir les portes du ciel
venez, mon père; écoutez le récit de mes
maux... consolez-moi de quitter une vie que
j'ose regretter, car je laisse sur la terre toutes
mes espérances, et Dieu veut qu'on l'aime
uniquement.

» Tu t'avanças; ta main s'empara de la
mienne, tes yeux s'arrêtèrent sur ceux de la
mourante... alors tes bras me furent ouverts,
je me ranimai, et quand je retombai sur mon
lit de mort, j'eus peur de Dieu! Nous venions
d'être criminels, et déjà le remords que j'a-
vais ignoré jusqu'à ce jour, torturait ma pensée, car notre faute, pour n'avoir point été
prémiditée, n'en était pas moins une faute
inouie, et je souhaitais ardemment de vivre,
car je voulais obtenir grâce au prix de la
plus cruelle des privations.

» En silence, et dans le calme du déses-

poir tu me quittas. Adieu, Auguste, te criai
je, prie pour moi, nous ne nous reverrons plus
ici bas!

» Oh! il ne fallait à mon existence, qu'une
émotion, un regret, des souvenirs! Dévorée
de chagrins, de honte; avilie, pleurant mon
crime nuit et jour, je me sentis renaître.
Toujours ton image adorée m'environnait
d'illusions, tu étais près de moi, tu vivais pour
moi, nul sacrifice n'avait coûté à ton amour;
ton amour plus fort que ta résolution
d'homme honnête, loyal, vertueux, t'avait
poussé dans l'abîme ou tu m'avais entraînée,
et à cette idée de bonheur, à cette idée de
ton cœur, tout à moi; seule au monde pour
rougir, regretter, souffrir, et être heureuse,
je m'agenouillais, je priais pour toi, je ne
demandais point au ciel qu'il t'envoyât la
volonté de m'oublier; mais je sollicitais la
miséricorde divine en faveur de cet amour

qui me ranimait; je demandais qu'il fut permis au prêtre de confondre dans son affection et le créateur et la faible créature...

» Hélas qui pourrait peindre ma joie et mon effroi quand je crus m'apercevoir que j'allais devenir mère? bien sûre d'être aimée, j'avais résolu de ne plus te revoir, mais ma position m'ordonnait de te confier ce secret et je t'écrivis.

» Oh! la réponse que je *reçus* de toi rendit pour jamais le repos à ma conscience: tu me montras l'Éternel plein de bonté, de tolérance, ta religion pure et simple; ton âme vertueuse te traçaient une règle de conduite invariable. Nous devions redouter tous deux notre faiblesse; mais il nous était permis de racheter par l'expiation la faute commise. Tu me conseillais après ma délivrance de placer *notre* enfant avec mystère, et de me retirer dans un cloître. Tu assurais ton

immense fortune au fruit malheureux de
notre illégitime union, et tu terminais par
par un adieu touchant, cette lettre que j'ai
conservée comme mon trésor, dit la vieille
femme en tirant de son sein un papier qu'elle
remit à l'ecclésiastique. »

Mais la voix de madame de Bury s'af-
faiblisait; d'un instant à l'autre, ses traits con-
tractés, offraient à l'abbé l'image plus pro-
noncée du trépas. Néanmoins l'ardeur prodigieuse qui la soutenait, lui permit de terminer ce récit qui l'avait épuisée, et quand elle
reprit, son premier mot annonça qu'elle ne se
faisait plus d'illusions, car elle dit :

« Bénissez-moi, mon ami, ouvrez-moi les
portes du ciel vous en avez le pouvoir, et
vous savez toute mon existence; je vous
ai obéi. Je devins mère, ma fille confiée à
des étrangers, fut surveillée par vous, car
vous le promîtes; j'avais fait vœu, en prenant

le voile, de me soumettre à la règle la plus austère; j'ai tenu mon serment. Forcée de fuir de mon asile sacré, chassée avec mes compagnes, pendant la révolution, je vins à Paris où je savais que vous vous étiez vous-même réfugié. Cachée sous un nom inconnu, je travaillais afin de soutenir ma triste existence. Reconnue par une femme dont la sœur avait été mon amie pendant les années de ma réclusion, je n'osais désirer de vous découvrir. Enfin cette dame pieuse me parla de vous un jour dans le plus grand secret, elle vous voyait et participait, grâce à vous, à tous les secours d'une religion alors proscrite... Ah! combien ce que j'entendais dire de votre zèle, de votre charité, me rendait heureuse et fière!... je pensais bien que notre enfant avait trouvé dans son père un soutien, un guide!.. Auguste! mon Dieu! mon Dieu! lui et vous, mon Dieu! ayez pitié de moi! Auguste... je te reverrai dans le ciel! »

La vieille femme n'était plus, le prêtre toujours à genoux sanglottait; l'unique passion de sa jeunesse s'était réveillée entière et poignante. Après quarante ans de séparation, il retrouvait pour la perdre celle qu'il avait uniquement aimée... S'emparant de ce corps si vieux et mort, qu'il chérissait jeune et beau comme le commencement d'une vie heureuse; il pleura en jeune homme, il colla ses vieilles lèvres sur les lèvres flétries de celle qui avait été si belle, si douce, si aimante, puis se relevant et reprenant son caractère auguste, il essuya ses larmes, fit entrer la garde et le jeune garçon qui s'étaient tenus éloignés, bénit encore et pria.

Trois heures après minuit sonnaient à l'église Saint-Paul, quand l'abbé quitta les restes inanimés de Marguerite. Descendu,

conduit par l'enfant, il gagna la rue, plein
de trouble et s'éloigna. En marchant, toute
sa vie, passée dans les regrets, le désespoir,
la honte cachée qui fait rougir l'homme vertueux soumis à sa conscience, se présenta à sa
pensée : ô la mort est un bienfait, se répétait-
il avec doute, la tête penchée et dans l'amertume de longs et arides souvenir. La mort! oui
c'est là l'unique terme de nos infortunes.
Afin d'échapper au malheur affreux d'appar-
tenir à une autre femme que je ne pouvais
pas aimer, j'ai sacrifié le repos de mon ame,
et prêtre d'un Dieu qui veut être adoré sans
partage, je n'ai pu lui offrir que des gémissemens, de la douleur, et un désespoir criminel... Je voulais me soustraire à des liens
abhorrés, et je promis ce que ma faible nature refusa d'acquitter. Jusqu'à cet instant
même, accablé d'ennuis, mon cœur partagé
était encore à celle qui m'avait fait entrevoir

le bonheur, et dont la perte m'avait décidé
au sacrilége moyen que j'embrassai... Oh!
combien cette mort désirable à qui n'a point
failli, doit effrayer celui qui comme moi,
coupable une fois, renouvella chaque jour
de sa vie la faute commise dans son imagination... Non, jamais je ne fus tout à Dieu,
jamais ma voix ne l'implora sans amertume... pauvre Marguerite comment t'ai-je
retrouvée? et morte, morte dans mes bras!
et notre enfant... ce fruit de notre honte...
mais quelque soit sa conduite, je ne change-
rai rien à mes dispositions... Elle connaîtra
quand j'aurais cessé d'être, les véritables au-
teurs de sa vie, et les infortunés auxquels je
veux laisser un souvenir me béniront, si ma
fille, dans ses déréglemens n'adresse pas un
mot au ciel pour ses coupables parens.

La nuit était sombre, froide, la neige tom-
bait par lambeaux épais. On était en janvier

1807, le silence qui régnait dans les rues dé-
sertes et longues, de ce quartier de l'ancien
Paris, pénétraient l'ame d'une terreur mys-
térieuse. Le prêtre, seul, marchait lentement
et quand sa pensée, tout entière au destin
achevé de celle qu'il avait retrouvée, après
une si longue absence, pour la voir mourir,
cessait de lui offrir cette désolante image
du néant, un coup-d'œil, involontairement
porté autour de lui, faisait palpiter son cœur
d'une frayeur étrange. Souvent déjà, renom-
mé par sa vertueuse abnégation, d'autres
infortunés avaient obtenu de lui, et à tous
instans, des consolations divines et humaines, souvent il avait conduit le malheureux
qu'il soutenait de sa parole, jusqu'au gouffre
effroyable de l'éternité, mais jamais et en
aucun temps il ne s'était trouvé ému de pareils pressentimens. La mort suivait; de son
ombre, elle couvrait déjà son corps agissant

et plein de vie; trop instruit, trop pieux, pour se soumettre à une ignoble superstition, il ne cherchait point dans sa force, un raisonnement qui le tirat de cette terrible perplexité. Il marchait, il priait, il avait encore de la volonté, mais tout était terminé... c'était fait de lui... tout-à-l'heure il ne sera plus!

Il ne sera plus et le doute venait assaillir sa croyance : Dieu, l'éternité si proche, le néant peut-être, idée horrible à qui a aimé, pensé, vécu et qui va s'éteindre. Le néant! et la vie est si positive et la pensée est si noble, et tout cela finit sur la terre; la terre ayant dévoré sa proie, rien ne survit... rien? — Oh Dieu! s'écria le prêtre, secourez-moi, mon maître éternel laissez-moi expier encore ce mouvement d'incrédulité, de doute sacrilège! pitié.....

Depuis un instant il marche avec plus d'assurance, moins accablé; il a vaincu par la raison ce que la scène de la nuit a laissé de sombre dans son imagination frappée. Il vient de passer sous l'arcade de la Place-Royale, il lui reste quelques pas à faire, et renfermé chez lui, il priera encore pour celle qu'il a aimée. Le courage moral, son courage pieux qui lui avaient échappé, le raniment entièrement, plus léger, plus maître de sa volonté, il relève sa tête vénérable, il pense toujours, mais sa pensée prie, il n'a plus de peur.

A cette heure de la nuit les réverbères ne jètent plus qu'une lueur rougeâtre que le brouillard obscurcit encore. Agités violemment par l'orage, ces uniques gardiens de la Cité parlent un langage d'une telle mélancolie, leur cri aigu et ferré semble à l'homme isolé tellement sinistre, que seul, sous ces guides, il s'arrête, il écoute, il tressaille, puis il avance enfin, mais avec crainte; le trait

rouge qui s'échappe du fanal le poursuit, le
montre peut-être au malfaiteur dont il semble être le complice ; car sa lumière tutélaire
du soir, servant la nuit des projets coupables,
a souvent secondé le criminel dans l'œuvre
d'un forfait.

L'ecclésiastique a distingué au coin d'un
carrefour devant lequel il a passé, l'ombre,
projetée sur le pavé, d'un homme... son émotion est extrême. L'inconnu ne fait aucun
mouvement, le vieillard double le pas, mais
on marche derrière lui, que fera-t-il? attendre?
que lui veut-on? Si c'est un malheureux
qu'il le dise... oh qu'il montre sa misère! qu'il
ne se souille pas d'une action coupable ; le
prêtre aime la charité, il aime a offrir au
corps et à l'ame des consolations mais une
violence!... il a peur encore, il tremble, il
voudrait fuir : ô la vieillesse, s'écrie-t-il,
vieillesse, débilité... je suis l'homme qui fut

brave et courageux, agile... et maintenant
je tremble, et trop faible je ne puis m'éloigner...

Mais l'inconnu a pris une autre direction,
il s'est détourné en courant. Le bruit de ses
pas s'éteint bientôt, tandis que moins oppressé
notre vieil et timide ami s'approche enfin de
sa demeure.

Le voilà arrivé! muni de sa clé il entrou-
vre la porte d'allée de sa maison qu'il referme sur lui. La portière ne lui a pas tenu
parole. Elle avait promis une lumière en
dehors de sa croisée, et rien n'éclaire le
vieux homme sous la sombre voûte. Il s'o-
riente néanmoins, les bras étendus il cherche machinalement sa route; traînant ses
pieds il s'achemine et gronde un peu... mais
en avançant il se heurte sur la muraille, sa
main a porté sur un visage brûlant... elle
glisse d'horreur; elle s'arrête sur un vête-
ment d'homme !

Le saisissement rend au prêtre toute sa vigueur. Ne songeant qu'instinctivement à se soustraire au danger qui le menace, il se précipite ; il a gagné la rampe, il monte, on le poursuit !... il s'élance sur le palier de son logement qu'il ouvre avec une ardeur nerveuse, il est chez lui... Il repousse sa porte... mais un poids vigoureux la fait résister ; tandis qu'il use toute sa force à mettre entre lui et son ennemi inconnu une barrière qui le protège, cette barrière repoussée avec violence livre un passage à l'homme de nuit ; le prêtre vaincu tombe de faiblesse. Deux bras l'étreignent. Pas un cri, pas un mot ne viennent animer cette scène horrible. Seulement la pensée du prêtre est restée entière jusqu'à la fin ! Mon Dieu, murmure-t-il, j'ai eu confiance aux promesses que vous fîtes aux hommes vertueux... Tout est-il donc fini pour mon corps et mon ame ?

Ici la douleur brise sa voix. Son supplice
se prolonge. L'assassin ne sait pas tuer. Il
s'essaie avec une horrible patience. Passant
tout à coup autour du cou de la victime un
mouchoir qu'il serre avec violence, le pauvre
prêtre s'écrie encore dans une convulsion :
Juste Dieu ! y a-t-il donc une autre vie ?...
Reverrai-je celle que j'ai tant aimée sur la
terre ?...

Puis sa tête fléchit. Le meurtrier, tout couvert de sueur, a donné une épouvantable
secousse, et le dernier soupir du prêtre a été
un doute involontaire.

Tout est achevé.

L'assassin tombe épuisé auprès du cadavre !

Au bout d'un moment il se relève ; il détache son mouchoir tout imprégné d'une
transpiration glacée, regagne l'escalier après
avoir, avec soin , refermé la porte de l'ap-

partement, et sort de cette demeure les yeux
hagards, le pas chancelant, bourrelé de
remords, et tenté de descendre jusqu'au
bord de la rivière pour mettre fin à un tourment dont il ne s'était pas figuré toute la
violence.....

2.

—

Aimez-vous..... Dieu le commande

— Mes enfans, mes amis, puisque vous le voulez comme ça, buvons encore un coup... et que je parte après... à la grâce !

— A vot' santé Marie.

Ils boivent tous. Le vin est aigre, les gobelets passablement ternes, la table de sapin converte d'une couche de graisse noir-

cie ; il fume de la lampe, des tuyaux d'un
poële de fonte sur lequel plusieurs gamelles
sont posées, contenant un brouet mitonné,
jaune et rance... mais la gaieté est, en ce lieu,
l'assaisonnement ordinaire du plus mauvais
dîner. En chantant à pleine gorge on mange;
on rit en chantant; quelquefois même on
chante encore des adieux pleins de tendresse.
L'adieu d'un soldat à sa mère, à son ami,
à sa maîtresse, est vif, bouillant, plein d'insouciance; il est soldat alors... Dans un coin
il aura d'autres regrets ; le brave verse une
larme... mais on ne doit pas voir pleurer un
soldat...

—L'Aveuglette! l'Aveuglette! crie la femme
qui va quitter ses hôtes.

Aussitôt un hennissement répond à la voix
connue qui appelle le vieux coursier. Marie
porte alors la main gauche, dont les deux
derniers doigts sont élevés, à son bonnet de

police, salue militairement les joyeux lurons qui la fêtent, et sort de la cantine.

Le cheval aveugle et maigre, le vieux cheval qui a servi Kléber en Egypte ; le pauvre
vieux !... il était beau alors , il avait de l'ardeur , il reçut une blessure, on le dédaigna...
L'Aveuglette, dis-je, attendait sa maîtresse,
en grignottant quelques croûtes bises que lui
offraient de jeunes recrues... Le bon vieux
cheval! son instinct était sûr. Il devinait le
soldat. Le soldat vénérait son ancien courage , plaignait son malheur, et le nourrissait de son pain... et toujours alors sa maîtresse pleurait d'attendrissement à la vue de
ce tableau. Elle était vieille aussi. Comme
son cheval elle avait fait la guerre. Elle
avait eu un maître. Le cheval et elle avaient
perdu leur maître unique, adoré... Mais ils
se restaient mutuellement. Ils s'aimaient...

De sorte qu'*en se parlant,* le cheval aveugle

vint se ranger sous la main de son guide.
Bientôt une corde, remplaçant tous les har-
nais, est solidement fixée au brancard de la
carriole chargée de grès et de morceaux de
blanc de céruse. En agissant, Marie, accom-
pagnée de ses amis, leur débite de bons
contes à leur portée, que des éclats de rire
accueillent ; que des bravos, flanqués de poignées de main, récompensent ; puis enfin
tout bien disposé, on va se quitter…. Mais un
grognard, qui depuis plus de quinze ans
aime la bonne femme, dont l'amour inutile
et les soupirs bruyans se sont métamor-
phosés en tendre amitié, se présente, retrous-
sant sa moustache noire et blanche, élevant
un broc, et jurant fort, qu'il faut le mettre
à sec avant de se dir tout à fait adieu.

Donc on boit. La pluie tombe à flots.
Pluie glacée, nuit sombre et déserte en
dehors de la caserne. Mais qu'importe, à

des braves, un peu de malaise physique ?
Buvons vîte, dit l'un d'eux, et que l'eau du
ciel ne se mêle pas à celle du puits de notre
mélangeuse cantinière.

Cette plaisanterie est usée. Elle amuse
pourtant. Heureuses gens ! qui n'ont ni le
cœur, ni l'esprit gâtés, par *le trop* de nos
amuseurs à gage. Pauvres gens, car, voyez
les aujourd'hui et riez... je le souhait e...moi
je voudrais rire, mais *la gaieté* (1) de notre
époque porte le bonnet de veuve, et son
rire faux donnerait presque à penser qu'il
éguise un chagrin.... un remords. Pauvre
gaieté ! moi je l'aimais tant quand elle était
gaie !

Marie a soixante fois été embrassée. *Les
consignés* la remercient de ses soins, de ses
pipes, de son tabac, toutes choses dont ils

_____

(1) La gaieté de 1835.

manquaient. Les malheureux prisonniers, à
travers les barreaux de la salle de police, la
saluent de leurs cris ; on lui ouvre la grande
porte toute large, la sentinelle lui adresse
un geste d'honneur, le chef du poste l'embrasse, et le colonel, qui rentre au quartier,
l'arrête au passage ; elle se met au port-
d'armes pour le salut, l'officier supérieur
lui sourit, s'éloigne, et dit à sa jolie femme,
dont il est accompagné, qui aussi a souri
à la vieille... c'est notre mère. — Mon ami
donne lui donc de l'argent.

— Elle le refuserait...

Ils ont disparu. Marie a repris sa position
naturelle. Enveloppée dans son manteau de
dragon elle est sur le grand chemin qui vient
de Versailles à Paris. L'Aveuglette la suit
fidèlement. La foule est rentrée. Il fait noir
à effrayer un homme ; pourtant notre femme
n'a peur de rien, et la nuit n'étonne pas son

pauvre *ami*, car le malheur a fait pour ses yeux éteints une nuit éternelle.

Donc ils cheminent paisiblement. L'orage se soutient. La nature entière offre l'image du chaos; mais Marie qui a entendu le bruit du tonnerre, celui du canon, celui d'une armée triomphante ou vaincue; Marie, qui de ses mains de jeune et belle fille releva des corps humains écrasés par la mitraille; Marie, qui lava d'horribles plaies, qui aida à mourir en paix de jeunes hommes regrettant amèrement un amour de femme, une tendresse maternelle, un brillant espoir de succès; Marie, dont la force morale fut jadis l'unique force, qui au milieu des camps eut des larmes pour tous les maux, des saillies énoncées joyeusement à l'aspect de la joie étrangère; Marie, dont la beauté effacée aujourd'hui, fut incomparable; Marie s'a-

vance sans émotion et à *la grâce !* Tel est
son mot de confiance.

Le vieux coursier la suit. Une rêverie
pieuse s'est emparée de la courageuse femme.
Pieuse est Marie; pieuse sans crainte encore,
par reconnaissance, sans religion pourtant ; aimant l'auteur de la création, sans
attacher ses pensées à l'intérêt d'un avenir de douleur ou de félicités, et se répè-
tant sans cesse : je suis heureuse, je n'ai
rien à reprendre à mon existence entière, à
la grâce !

Heureuse! elle se contentait de peu notre
Marie. La pluie avait amolli le terrain, les
routes étaient affreuses, la boue épaisse,
retardait souvent sa course nocturne, mais
dès l'âge de dix-sept ans elle avait souffert
toutes ces contrariétés sans se plaindre;
l'habitude du malaise était l'unique habitude qu'elle eut contractée. Elle ne voulait

que la liberté... l'honnête femme la payait un peu cher, il est vrai... mais elle en jouissait amplement; jamais elle n'en avait demandé davantage.

Elle traversa Sèvres endormi. Elle observa, en élevant la tête, quelques lumières coupant en traits aigus le sombre brouillard qui environnait le château de St-Cloud (1). Son active imagination s'exalta. Elle nomma Bonaparte... Elle se souvint qu'au Caire, lui frappant familièrement la joue de sa main amicale, il lui dit : bonne et belle.... Car elle était belle encore... Le chagrin corrosif n'avait point alors altéré ses traits... Les chagrins du cœur, les seules peines qui pussent troubler sa quiétude habituelle ; hélas !...

Puis après avoir passé le pont qui traverse la Seine, elle s'arrête; ses vêtemens

(1) 1807.

impreignés de l'eau du ciel, l'accablent d'un poids sous lequel elle fléchit. Le chemin devient impraticable. Malgré elle elle se décide à doubler la charge de son vieux compagnon. Elle se juche sur son sable mouillé, les sacs remplis de céruse lui forment sur le champ un traversin commode ; elle s'étend là comme dans le meilleur coucher... A peine sa tête a-t-elle trouvé un soutien, que, vaincue par le sommeil, elle repose en paix... en profonde paix ; sa bouche en cet instant répète son unique prière : à la grâce... Elle dort sous la garde de la Providence, tandis que l'Aveuglette continue de cheminer.....

Pauvre femme qui a été belle ! Qui est vieille, qui a aimé... qui n'est plus belle, qui vit seule dans la nature, qui pourrait disparaître sans attirer un regret, sans arracher un soupir, sans faire verser une larme !... et pourtant elle fut chérie. Un grand homme lui avait donné son cœur, cœur inconstant, que la gloire seule a fixé, et qui fut précipité dans le tombeau sans que la victoire couronnat son trépas. Oh alors.....

Marie avait connu la vie dans une ferme de l'Alsace. Quelle était sa famille ? Ses parens adoptifs l'ignoraient.

Un homme était venu, un soir, chargé d'un enfant! Tenez, avait-il dit à l'honnête fermière, acceptez cet or et élevez avec soin cette créature abandonnée. Elle n'est point orpheline. Son père est riche; qu'il soit satisfait; à l'avenir, de vous dépendra la reconnaissance qu'il vous veut accorder.

La paysanne éblouie reçut l'enfant et la récompense. Elle n'avait qu'un fils. Elle était veuve. Son cœur aimant se dilatait déjà à la vue de la petite Marie, et ce fut en la serrant contre son sein quelle prit l'engagement que

l'on exigeait d'elle, et quelle remplit toute sa
sans effort.

Chaque année l'inconnu venait voir l'aï-
mable fille. Ses grâces, sa beauté d'ange,
semblaient le toucher. Il ne passait jamais
plus d'une journée au village, et avant de
s'éloigner il payait, non pas l'amour maternel de la paysanne, mais bien plutôt il la
dédommageait avec une générosité prodigieuse de toutes les dépenses que lui occasionnait la jolie Marie.

Elle avait quinze ans. L'honnête garçon
quelle nommait son frère approchait de la
vingtaine quand la fermière mourut. Jusqu'à
cet instant la tendresse du jeune homme
s'était montrée à peine pour sa sœur. Mais
quand le soir des funérailles, il se trouva
seul auprès d'elle, au coin du foyer ou sa
mère naguère leur témoignait à tous deux
tant d'amour. le cœur du bon fils se serra ;

des sanglots étouffèrent sa voix. Il pleura ;
pour la première, fois les yeux noirs, beaux
et doux de Fritz versèrent des larmes, puis
son teint brun s'anima bientôt d'un éclat vif ;
il prit par la main la jeune Marie qui pleurait comme lui ; pour la première fois il posa
ses lèvres sur la bouche encore enfant de sa
jeune compagne, et d'un ton ferme il dit po-
sément : tu n'es pas ma sœur. Mon Dieu
ayez nous en pitié ! je serai ton ami... Oh !
je t'aimerai, Marie... je t'aimerai comme
celle qui prie dans le ciel pour nous deux,
voulait que nous aimassions la Providence ;
plus quelle ne t'aimait toi-même... Elle n'é-
tait pour toi qu'une mère... Et moi ! moi...
Ah ! Marie !....

Ensuite, sans se séparer, ils s'agenouillè-
rent avec ferveur : ma mère qui êtes dans
la joie du créateur, vous qui mêlez votre
voix au concert des anges, jetez un regard

sur vos enfans... protégez-les ! ils s'aimeront,
ils prieront, ils ne se quitteront plus... Ma
mère ne quittez pas vos enfans!... Qu'ils marchent appuyés l'un sur l'autre et guidés par
vous dans l'étroit sentier de l'honneur. O
ma mère !

En silence, ils se levèrent après cette in-
vocation ; sans s'adresser plus une parole
d'adieu, ils se regardèrent encore, et bientôt
séparés, ils pensèrent à la femme qui n'était
plus sur la terre, mais qu'une piété exaltée
leur montra à la place que sa vertu avait dû
obtenir dans le ciel.

Le lendemain Marie prit les rènes du ménage, et Fritz, après un regard brillant à la
jeune fille, s'en alla vaquer à ses rustiques
travaux.

Oh! dès ce jour que d'avenir se montra
dans l'ame ardente du jeune homme. Marie,
répétait-il, Marie, ce nom seul faisait bon-

dir son cœur : Marie ! ma pauvre mère tu
m'a légué ta tendresse..: En nous quittant
pour toujours, tu as mis sa main dans ma
main... Alors je cessai d'être son frère... O
ma mère si tu ne nous avais pas laissés,
l'aimerais - je comme je l'aime... Marie !
Marie ! seule avec moi... Et je la reverrai, et son sourire m'accueillera; son sourire, son amitié... Moi seul aussi auprès
d'elle dans notre chaumière ! et toute notre
vie ! Ah pardon, ma mère ! ma joie est involontaire... Que je l'aimerai celle que tu
élevas, que tu m'as donnée en mourant...
Marie est à moi... A moi seul...Ah ! Marie !
ma mère !... il me la fallait... Nous te pleu-
rerons ensemble tous les jours de notre existence !...

Le travail fini, il rentra plein d'émotion.
Marie demeurée seule, avait beaucoup pleuré
sa mère adoptive, ses yeux conservaient les

traces de la douleur, mais Fritz trouva sur
ses lèvres le joli sourire qu'il avait rêvé.

Les jours se succédaient de la sorte. La
jeune fille dont les amers regrets s'étaient
adoucis, marchait paisiblement dans la route
de la vie. Bonne, franche, aimante, paisible,
elle se plaisait aux assurances d'attachement
que lui répétait son frère, car elle lui conservait ce nom; oui, moi aussi je t'aime,
je t'aimerai sans cesse mon frère.

Puis avec candeur et pleine de simplicité,
elle s'élançait sur le cœur de cet ami qu'elle
voulait consoler, car il se montrait triste
encore; elle lui donnait de chastes baisers;
et ces caresses, Fritz les fuyait. Ces baisers,
de la jeune fille, il voulait les éviter...

— Qu'as-tu donc? ne m'aimes-tu plus? Oh,
si tu m'abandonnais, que deviendrais-je ?
Ne m'abandonne pas mon frère.

Le pauvre frère s'éloignait rapidement

alors. Sa tête était en feu. Une douleur inconnue l'obsédait. La frayeur elle-même le
poursuivait sans relâche. Il tremblait devant
la pauvre enfant. Il n'osait plus porter son
regard sur elle ; il comprit enfin, sans la raisonner, son infortune toute entière. Il aimait
d'amour ; il était aimé comme un frère.

Oh ! dès ce moment tout fut dit pour son
repos. Il ne pensa point à l'espérance. Il
était dévoré d'une passion délirante ; il ne
chercha plus à vaincre, il se soumit d'abord.

Mais un mot de Marie calmait toute son
agitation. En sa présence il voulait se
tromper, néanmoins il redoutait de séduire.
Assurément il pouvait éclairer l'inexpériente
Marie ; il pouvait s'écrier en se roulant à ses
pieds, avec désespoir : je t'aime d'amour ;
donne-moi ton amour ou je meurs !... Il n'en
doutait point, à ce cri du malheur, la
jeune fille se fut soumise. Mais il voulait

une passion égale à la sienne, et son ame lui
enseignait que l'amour ne se commande
pas; qu'on promettrait avec honnêteté;
sans doute, et qu'un jour il reconnaîtrait,
à la place du bonheur qu'il voulait donner à
son amie, les soucis, l'indifférence, le dégoût
peut-être?

La ferme était isolée des autres maisons
du village. Marie, enfant toujours, se laissait
entraîner par de jeunes compagnes qui re-
cherchaient sa bonté. Souvent les jours de
fête elle sollicitait, avec timidité auprès de
son frère, la permission de s'éloigner dans
la campagne. Fritz jaloux se surmontait et
disait oui, avec un calme que trahissait une
visible émotion! S'éloigner de moi, pensait-
il, le pouvoir, m'oublier un seul moment...
Que j'envie le sort de celles qui la possè-
dent!...aimable! pleine de gaieté, elle sourit!

encore, elle sourit à d'autres, et moi je meurs consumé de désespoir....

Et la réflexion d'amant dédaigné suggérait à son intelligence le besoin de plaire. Lui, ce garçon si franc, si uni, si simple, commença bientôt à comprendre que l'extérieur doit avant tout séduire le regard. Involontairement il s'occupe de son visage ; il le détaille avec crainte... puis sans vanité, par tendresse, heureux presque de se reconnaître de la beauté, il se flatte d'un retour prochain. L'âge de Marie la garantie du besoin de livrer son cœur... Mais un jour elle verra que les yeux de Fritz sont beaux, noirs, vifs et doux, que ses cheveux bruns sont soiyeux et bouclés avec grâce et sans art ; que ses traits son pleins de charmes ; elle observera sa haute taille, ses formes parfaites, sa démarche aisée.

Pour lors, afin de tirer parti de ces dons

qu'il doit à la nature, le jeune et beau Fritz apporte une recherche inusitée dans sa parure villageoise... Partout, sur son passage, on l'admire, partout on l'aime; en tous lieux les mères l'envient pour gendre, et les plus jolies paysannes pour époux; on le dit, on n'en fait point de mystère. Le bon garçon se réjouit de ses succès... l'amour-propre a souvent conduit à un meilleur amour. Fritz aimé de toutes ne trouvera-t-il donc à ses côtés qu'une seule indifférente?

Un an environ avant la mort de la fermière, le mystérieux inconnu s'était remontré pour la dernière fois. En se séparant de Marie, il avait annoncé une absence prolongée, et enfin il était reparti, laissant à la vertueuse paysanne une somme considérable que celle-ci avait placée sur-le-champ.

Donc ils étaient riches dans leur état, nos jeunes gens. Marie, heureuse de ses quinze ans, vive, légère, gracieuse, pétulante, voyait naître le jour avec délices; embrassait son frère dès le matin, l'attendait et fêtait son retour avec amitié... amitié pure... lien fraternel, abandon sans transports... Mais Fritz se sentait mourir.

Un soir, se trouvant réunis, le frère regardait sa sœur... Oh! Marie! le regard couvert, tremblant, humide... Pauvre Marie! Ma sœur je t'aime d'amour, il faut que tu m'appartiennes... j'aimais tout sur la terre avant de t'aimer... Écoute-moi bien... j'avais un bon cœur... eh bien! je suis jaloux de tout à présent. Tiens, donne-moi ces fleurs que tu aimes, je souffre tant... j'aimais aussi les fleurs que je cultivais; tu dois être à moi... ou bien! je tremble! reste seule ici et laisse-moi partir. Ah! tu ne savais pas?... je te fuyais... j'ai peur... ne me réponds rien... ne me dis pas que tu m'aimes... je croirais que je te fais

peur... depuis long-temps je suis malheureux... depuis la mort de ma mère... elle
n'était pas ta mère.. je ne veux plus que tu
m'appelles ton frère... Oh! nous avons vécu ensemble, sous le même toit, dans le
même abandon des autres. Quand je te suis
resté seul, j'ai cru devoir t'aimer une fois
plus... c'était de l'amour, un supplice, plus
de repos, plus de tranquillité, toujours mon
cœur malheureux ; jamais d'oubli... et tes
baisers à toi!... osais-je t'en donner un, moi?..
Marie, aimez-moi... ou bien laissez-moi partir...

L'innocente Marie se leva à la fin de ce
discours, dont l'accent de Fritz avait doublé
la véhémente simplicité : vous m'aimez d'a-
mour... c'est pour que je sois votre femme?
hé bien oui, Fritz, je serai heureuse...

Mais la jeune fille ne colorait pas son accent en répondant à son ami. Elle était sur-

prise, point émue, elle avait rougi un peu, mais sa physionomie, si jeune encore, s'était rassise aussitôt; elle promettait et ignorait toute la force de cette promesse...

Elle offrit sa main à son frère... : tu seras à moi... tu le veux... tu m'aimeras un jour?... s'écria-t-il en délire... puis il se précipita hors de la chambre, et Marie, pour la première fois, réfléchit...

Ils furent mariés! Quelques papiers laissés à la jeune fille par son mystérieux visiteur, servirent à assurer son état...

Mais point de joies, de festin, de danses, de beaux ajustemens ne décorèrent le jour tant souhaité par le jeune époux. Aussitôt qu'il la put posséder, elle fut encore à lui seul; alors il triompha de son amour; il dévora sa flamme si acre, si malheureuse, l'ame pleine de transport, il calma sa physionomie; il fut son maître..; le bonheur... il aura un instant de bonheur au moins! Vierge pudique, Marie apprendra de lui ce que la passion ne lui a point enseigné. Il la pourra presser sans voiles sur son sein, il pourra appuyer sa bouche sur cette bouche adorée... ce bonheur est son droit... Marie dont les beautés lui suggéraient de sombres pensées, elle, dont sa jalousie avait rêvé les attraits en proie aux transports d'un rival préféré, Marie est à lui... ils sont, comme par le passé, ainsi qu'ils se trouvaient frère et sœur, réunis et seuls. Tous les amis se sont retirés après un court instant d'entretien... La nouvelle et charmante épouse, sourit encore à son Fritz... sourire de tristesse qu'il ne veut point comprendre...

Enfin la nuit est venue, Marie frissonne, les regards de son époux l'effrayent; malgré elle un mouvement de répugnance invincible l'éloigne de lui, élevés ensemble, le titre de frère lui plaît encore, mais celui dont

Fritz est si énivré la fait penser et rougir. L'amour dont il la couvre involontairement lui semble coupable... ! ah ! lui... lui !... mon frère, oui... mais...

Elle n'acheva point sa réflexion, Fritz l'entraînait, elle poussa un cri... il s'élança comme un trait... il arracha ses vêtemens... Marie pleurait : mon frère... prions... ta mère... — Tu es à moi... Marie ! Marie !

Elle est à lui. Ses passions d'homme de vingt ans, long-temps refoulées, délirantes, son corps robuste, son ame exaltée, tout en lui se montre avec fureur. Marie en butte à cette brûlante énergie d'un époux qu'elle croit devoir aimer, ne se soumet pas sans horreur. Fritz est là, à ses côtés; couverte de larmes qu'il ne voit point, il rassasie ses désirs... elle, si innocente, si pure, ne se prête pas d'abord à de pareils transports... Elle a voulu combattre... il l'a pressée avec vio-

lence... comme un tigre altéré il s'est jeté
sur sa proie... elle est à lui... le corps charmant de la jeune fille lui appartient, mais son
cœur... son ame...

Le lendemain, Fritz invite toutes ses con-
naissances à un banquet. Marie reçoit les fé-
licitations de ses jeunes amies avec le sourire
qui orne ses lèvres pâlies, mais pas un mot
n'est venu se joindre à ce sourire. La gaîté de
l'époux est bruyante; on pourrait croire
qu'il veut s'étourdir; Marie le regarde et
frissonne. Réellement cet homme, que la passion a presque abruti, lui fait peur, pourtant
il est si beau, se répète-t-elle, il a tant d'*amitié* pour moi...

Pauvre Marie, si chaste, si gracieuse, si
délicate, le temps s'écoule et rien ne calme
le feu que tu as allumé dans le sein de cet
homme dont les sens vigoureux sont toute
la tendresse; il t'adore pourtant; mais où

trouver dans cette organisation, les détails délicieux qui font naître et entretiennent le véritable amour?

Depuis une année ils étaient unis ; Marie regrettait sa jeune liberté perdue pour jamais. Presque toujours seule avec Fritz, elle cherchait avec grâce à adoucir l'humeur fougueuse de son époux. Avare de son trésor, il annonçait souvent un penchant jaloux précurseur de grands désastres. Marie tâchait de le rassurer, elle s'était entourée de solitude... elle avait peur de son mari... elle lui souriait sans cesse... elle se prêtait maintenant à ses transports... elle...

Elle le haïssait pourtant. D'une intelligence peu commune, la jeune femme s'était souvent raisonnée avec surprise : qu'éprouve-t-il, se demandait-elle, il ose donner le nom d'amour au sentiment qui l'absorbe?... Oh! ce n'est point là de l'amour... non l'amour

est délicat, honnête; ce qu'il éprouve,... j'ai
honte d'y penser... Passion brutale!... je suis
sa victime, mes pleurs ne sont point vus;
ma répugnance, il la brave, il a voulu mon
corps!... et jamais, moi qui ne l'aime pas,
je ne devrai aimer!...

Et cependant dans toutes les actions exté-
rieures, étrangères à son affreux amour,
Fritz se montrait bon, généreux; sa piété
était sincère; on le citait comme le modèle
des amis... il eut aussi peut-être été le modèle
des époux, si celle qu'il avait chérie un instant avec pureté, l'eut récompensé en lui
enseignant cet art divin que la femme possède; mais il avait tant souffert, il s'était
persuadé avec tant de force qu'il n'avait rien
à prétendre désormais; Marie semblait si
calme, que ce sentiment d'abord honnête se
convertit en frénésie, et qu'une fois livré à

ce penchant désordonné, il en vint à ne plus
compter pour rien les peines ou la joie de
sa compagne. Elle était à lui... il était maître d'elle, il se disait satisfait, heureux!

3.

—

Marie avait seize ans, sa beauté était parfaite; ses yeux bleus, vifs et doux; son corps
d'une délicatesse inimaginable; grande,
svelte, souple, gracieuse, et son esprit, chef-
d'œuvre de naturel, surpassait encore tous ses
attraits.

Mais se sachant jolie , elle maudissait sa
beauté; esclave souillée, comme une vierge,
rêvant une autre flamme, elle cherchait bientôt à se distraire des pensées qu'elle croyait
coupables : il est mon maître, oh! mon Dieu!
et mon cœur est né pour aimer, et je ne le
puis aimer lui! Ah! si jamais on m'aimait
que je serais à plaindre!

Fritz, en rentrant un jour, plutôt que de
coutume, soutenait un jeune homme pâle,
dont le visage était ensanglanté, et qui montrait à peine assez de force pour arriver jusqu'au siége que la jolie ménagère se hâta de
lui offrir.

A peine assis, il perdit l'usage de ses sens;
Fritz tout aussitôt se hâta de courir à la recherche d'un médecin, et Marie, pendant
son absence, lui prodigua tous les secours
que lui avait enseignés son expérience et son
cœur.

L'évanouissement de l'étranger dura peu,
en ouvrant les yeux il aperçut la jolie Mari
à genoux devant lui, pleurant d'émotion,
mais pleine de courage, et mettant tout en
œuvre pour calmer les vives angoisses qui
l'agitaient.

— Oh! ce n'est rien, *mademoiselle*, dit le
jeune inconnu, je voyageais..... à cheval.....
maudite bête!... je fus renversé... une blessure à la tête... ne craignez rien... je suis
mieux déjà... et vos tendres soins, vous si
belle, si compatissante, adoucissent déjà mes
maux comme par miracle...

Qui peindrait ce que Marie éprouva en cet
instant? qui dirait bien ce que l'accent ferme, aimable, reconnaissant du blessé, pro-
duisit de vif et d'inconnu dans son ame? Elle
s'éloigna, son cœur battit, ses larmes s'ou-
vrirent un passage, elle salua l'étranger avec
grâce, puis sans volonté, elle se tint age-

nouillée encore à ses pieds, les yeux élevés,
attendant un mot de lui, soupirant, et craignant de perdre un seul de ses regards.

Le pauvre blessé souffrait cruellement;
d'abord il vainquit la douleur qu'il éprouvait,
mais tout-à-coup une faiblesse nouvelle le fit
chanceler; Marie épouvantée se releva sou-
dain, ses bras le serrèrent, sa tête, appuyée
contre celle de l'inconnu, la soutenait; tout
le corps de la jeune femme tremblait et néanmoins jamais son cœur n'avait battu aussi
délicieusement.

Pauvre Marie! il n'avait pas perdu l'usage
de sa raison celui que ton humanité cherchait
à calmer. Il souffrait, mais ton visage contre
le sien, ta poitrine si belle appuyée sur sa
large poitrine, tes bras le pressant avec force,
et ton cœur dont les vifs battemens précipi-
taient ceux de son cœur, tout fut joie pure;
bonheur divin, inconnu, suave et parfait

pour toi, pour lui, dans cet instant d'angoisse
et d'extase ou l'ame fit oublier à la matière
l'anxiété poignante qui l'accablait.

— Votre nom, que je le sache, que je le
dise, aimable fille? s'écria l'inconnu ivre d'é-
motion. — Marie, répondit-elle naïvement,
Marie...

Un silence ici... Le teint de Marie est pâle
comme celui de l'homme auquel elle voudrait sauver la vie, maintenant, au prix de la
sienne. Ils se taisent pourtant, ils se regardent, ils s'aiment, car le malheur lie vite ceux
qui souffrent ensemble. Elle est si jolie, si
pudique dans son abandon, si belle d'adolescence; son sourire gracieux est plein d'innocence sous le regard animé d'un mourant
qui ne conserve d'activité que pour regarder
la jeune femme avec passion, lui sourire
aussi, la remercier et répondre sympathiquement à la douce pression de ses bras, par une

pression si tendre, si pleine de reconnaissance que la pauvre Marie, éclairée peut-être
sur le danger d'un pareil moment, fait un
effort, se dégage, se retire, et pense sérieusement à s'éloigner...

— Ah! ne me quittez pas Marie, proféra
alors l'inconnu d'un accent si doux...

— Souffrez-vous donc d'avantage?... Mon
Dieu! calmez ses maux! Que puis-je pour
vous soulager... dites? mais votre blessure
s'est rouverte, je crois? elle saigne abondamment... que faire? mon Dieu! Fritz ne revient
pas... que faire! ce sang m'épouvante, ce sang...
je n'en ai jamais vu couler... je tremble...

Elle s'est rapprochée; l'inconnu semble
absorbé cette fois par sa faiblesse. Marie
pousse un cri : Il va mourir... je vais le voir
mourir... ayez pitié de moi... le voir mourir
miséricorde!...

— Il n'est plus! ajoute-t-elle un peu après

avec désespoir... il a cessé de vivre... Oh!
quelle horreur! pourquoi l'ai-je vu!... malheureuse, je le regrette comme si je l'avais
aimé!...

Et la tête appuyée dans ses mains, la jeune
femme exhale d'amers sanglots. Pour la première fois la mort s'est montrée à elle. La
mort d'un jeune homme qui s'éteint est un
affreux spectacle toujours. Ici la situation
de Marie est pitoyable : il vient d'être ému,
reconnaissant; il se tenait appuyé sur son
sein, son accent était doux, ses traits si beaux,
si nobles, si fiers, et si tendres en même
temps. Marie compare ce qu'elle ressent à
tout ce qu'elle a éprouvé jusqu'à ce jour; cet
homme, elle ne le connaît pas; que fera-
t-elle? osera-t-elle le pleurer... à qui dira-
t-elle qu'elle le regrette?... pourquoi le regretter?... O ciel! l'aurait-elle donc aimé,
lui, s'il ne fut pas mort sous ses yeux?...

L'aimer?... elle l'aimait déjà, car elle voudrait
mourir aussi; elle ne vivra plus que d'un
souvenir... Oh! s'il eut vécu...

Fritz reparut, un médecin de village l'accompagnait; l'épouse essuya ses larmes avec
effroi, elle cacha son chagrin, elle composa
son visage, elle surmonta son émotion profonde; de la main elle montra aux nouveaux
venus le corps penché de l'étranger, puis
elle se hâta de quitter, et sans mot dire, l'appartement ou quelques minutes avant elle
avait espéré, sans réflexion, aimé sans le
croire, et regretté avec amour un être qu'elle
ne connaissait pas, mais qui devait jusqu'à
son dernier soupir fixer le destin de son
ame.

A présent voilà l'homme, cru mort, en
proie à la science brutale. Les soins de la
femme délicate et faible l'eussent laissé
périr; ses larmes inutiles n'ont point rap-

pelé à la vie le cœur éteint de l'inconnu;
mais le bon docteur espère. Une abondante
saignée rendra au corps blessé le ressort
mystérieux de l'existence. Le malade respire ; le savant esculape campagnard , dont
le savoir sauve et l'homme et la brute avec
un égal succès , dont le traitement pour
l'homme et la brute se règle sur la force ani-
male de chacun d'eux ; le médecin qui s'est
assuré que le corps du porc et celui de
l'homme sont pleins de similitude, d'ana-
logie, de ressemblance physique, écrit lisiblement un ordre pour lui ; médecin de bêtes
et de gens , et pharmacien pour tous. Il sourit avec candeur, l'honnête homme. Il se réjouit de sauver son semblable. Il est assuré
de son succès. Un chien, la veille , s'est précipité dans un gouffre, s'est fracassé le crâne;
c'était un beau chien , ma foi, son maître
le pleurait , sa maîtresse le regrettait avec

sanglots, le superbe chien : son maître et sa
maîtresse sont riches ; et puisque ce chien
est aimé , il faut le tirer de là... Le chien
superbe est rendu à la vie... Mêmes blessures
ici, symptômes pareils , le jeune homme
aussi sera sauvé comme le beau chien des
richards.

Et sans éclat , sans bruit, sans grec, latin,
hébreu, ou syriaque, le docteur en sarrau
travaille avec calme. Il ouvre le cerveau, il
cherche, il trouve , il fixe , il admire, il
s'écrie, il sonde, il termine, il panse, il
s'éloigne; l'inconnu vivra. Fritz appela sa
ménagère qui n'espérait plus : il n'était pas
mort va! ceci est débité avec froideur. Cours
au cellier ; monte nous une bonne bouteille
de vin du Rhin , n'est-ce pas père Miller? —
Pardi oui... Un peu d'eau Marie. — De
l'eau, s'écrie la jolie femme. — Pour laver
mes mains un tant soit peu.

Et tandis que le patient revient à lui,
tandis que la jeune protectrice cache sa profonde joie, Fritz et le rustre docteur se disent : comment trouvez-vous celui-là? ils
boivent. — Oh! bon... On vous sait gour-
mand, et amoureux. — J'aime le vin, il
donne des forces au corps, père Miller? —
Il rend fort et fait naître de nous, pris en
bonne mesure, avec choix et discernement,
des enfans robustes, beaux et sains; vous
et mon fils en êtes la preuve vivante, moi
et votre père savions nous gouverner dans
notre temps. — Des enfans, médecin? vraiment ma femme ne m'en donnera point, je
crois... elle est si froide. — Ce sont les
meilleures, mon ami; traitez votre femme
avec égard, disposez d'elle sagement, aimez
son cœur sans cesse et son corps avec retenue, vous engendrerez alors... mais point
d'excès... L'amour excessif absorbe la vo-

lönté naturelle. Laissez du repos aux organes délicats de Marie; attendez un peu, donnez-vous le temps de désirer ensemble, et pardine l'enfant sera créé, je vous en réponds... J'ai observé cela... Bêtes et gens sont sujets aux mêmes accidents; ma génisse engendra dès la première fois après une abstinence douloureuse, tandis que la vache de mon voisin Tobie est devenue stérile sous les coups redoublés du taureau.

Fritz garda le silence. Marie entrait. — Marie, dit le docteur, je donnais le conseil à Fritz de vous chérir, mon enfant, de vous aimer, de le prouver sans cesse; car vous êtes la meilleure femme, la plus jolie, la plus douce, la plus humaine du canton...

Marie soupirait : Oui belle, bonne, humaine, s'écria Fritz avec colère, un peu; hé que m'importe à moi? Bonne pour les autres, humaine aussi ; mais elle ne m'a jamais aimé.

La pauvre jeune femme continua de soupirer et de se taire. Son époux buvait à longs traits, il s'échauffait, il se fâcha à la fin : Oui ! oui ! j'ai forcé son inclination ! elle me haïssait... je veux dire que tandis que je mourais pour elle, elle me parlait de son amitié... Oh ! j'aurais connu l'amour ordinaire si elle avait voulu... Mais bah !... elle ne me regardait plus, elle ne me souffrait pas !... Voyez-vous, père Miller, j'ai changé ma pensée dès ce moment là. J'ai compris que son cœur ne serait jamais à moi, et j'ai désiré son corps !... Je suis heureux... J'ai tout ce quelle me peut accorder... Je n'en demande pas davantage.

Le docteur savait cela. Pour sa honte éternelle Marie entendit ce discours infâme ! elle rougit. Elle reconduisit seule, le sauveur de l'inconnu, elle lui demanda : comment l'avez-vous laissé ? — Parfaitement bien relativement ; surveillez-le. Quelle tête superbe ! Quelle organisation admirable !... Les hommes se ressemblent peu, Marie... le vôtre... et celui là...

Il sortit. Il promit de revenir. Il allait rendre visite à son chien de la veille. Le chien léchait déjà avec reconnaissance les mains qui l'avaient soulagé.

Une bonne grasse servante, réjouie et luronne, une de ces allemandes blondes, blanches, grasses et fermes, *Mina* remplaçait au chevet du souffrant la douce Marie, que le reproche de son époux accablait. Or, la servante moins délicate, moins sensible, plus chair et os que sa maîtresse, tout en défendant la parole à l'inconnu, parlait beaucoup, d'un ton confiant, touché, rassurant et gai : mon maître est un brave homme,

voyez-vous. Silence!... ne bougez pas, le
père Miller l'a commandé!... Je disais :
mon maître est un très-brave homme ; ma
maîtresse, c'est un ange du ciel ! mon maître
aime sa femme avant Dieu, et ma maîtresse
aime le bon Dieu avant tout ; ce qui fait
que dans la journée le mari est triste ; mais
le soir venu tout change : la pauvre femme
pleure et le mari chante, ce qui ne me laisse
jamais beaucoup de repos, car j'aime tant
mes maîtres ; silence donc ! ne riez pas, ça
redérangerait vos os ! Je les estime tant,
voyez-vous, mes maîtres, tous les deux, que
quand l'un pleure le jour, je pleure avec lui ;
il est si beau Monsieur Fritz ! et quand madame Marie s'afflige la nuit venue, je partage sa peine sans la comprendre tout-à-fait.
Car un beau mari... oh ! dam... on doit être
heureuse, avec un beau mari, c'est ma

façon de voir, n'est-ce pas?... Silence! et pas de gestes!

Fritz rentra dans la chambre. Il s'entendit vanter et réfléchit. En cet instant Mina rougit et se leva : ne te dérange pas, reste, et continue de parler. — Dam' mot' bourgeois, je fais passer le temps à not' malade. Oh! il n'est pas difficile à gouverner. Tenez, regardez-le.

Fritz regarda sa servante, lui sourit, lui adressa un geste de satisfaction, sortit, rentra, appela Mina; Mina obéit à l'ordre de son maître. Puis un quart-d'heure ensuite, elle reparut silencieuse auprès du lit qu'elle avait quitté, s'assit, se leva : elle était couverte de rougeur, d'émotion, de surprise; et dès-lors son accent montrait une timidité singulière.....

Le malade comprit et sourit fort en dehors.

Mina allait se justifier par un mensonge. Elle pensa qu'un mensonge offense le Créateur ; elle ne veut pas faire ce péché puisqu'elle se sent la force de surmonter la tentation, puis elle se dit : j'ai pu me dispenser de mal faire en me taisant, or si je n'ai pu résister en succombant tout-à-l'heure, c'est qu'apparemment il y a mal à l'une et aucun à l'autre *des deux choses*, autrement le bon Dieu m'aurait accordé le courage de *me tenir*.

La digne allemande reprit son assiette sur le champ ; et ses soins à l'inconnu furent plus vifs, plus soutenus, plus réïtérés ; l'amour du prochain venait de se faire jour dans son cœur.

Donc, à compter de ce moment-là, Marie retrouva presque le repos. L'inconnu marche vers sa guérison, conduit par le médecin des gens et des bêtes malades ; Fritz parait tout autre, moins sombre, plus gai, plus vif, plus ami de sa femme, tandis que de son côté, la ronde Mina, pensive quelquefois, chante moins souvent sa ballade alsacienne, n'aborde plus son maître qu'avec le frémissement, le plaisir, le transport les moins déguisés, et sa maîtresse, sans laisser paraître les signes du respect et de la contrainte.

De sorte que tout allait bien à la ferme. La jolie femme avait repris son sourire ; son teint s'embellissait des couleurs que le chagrin avait effacées. Plus vive, plus légère, plus satisfaite, elle rendait de fréquentes visites à son protégé. Ce dernier, recevant d'aussi aimables prévenances, chargeait ses yeux de parler de sa gratitude, et ses yeux là, trouvaient pour dire, une admirable éloquence. Depuis le jour où reçu par Marie, le jeune homme avait exprimé son transport, sa bouche avait été discrète. Spirituel, jugeant bien le cœur, la pureté, l'innocence de celle dont la pensée avait rendu courts les instants de sa vive souffrance, il s'était tu, mais son regard... Et Marie, aussi, avait de si beaux yeux !...

Une fois pourtant que le père Miller avait bien visité son malade, qu'il s'était bien assuré d'un prochain terme à ses maux, qu'il avait levé sa consigne de retenue, l'inconnu, resté seul avec Marie, radieuse et belle de sa joie, parla; ce qu'il dit fut simple, sans emphase, mais coloré d'un reflet touchant d'honnêteté, et de brûlante reconnaissance.

—Marie je ne vous offenserai pas, et je vous veux dire toute mon ame. Rien de si beau ne m'apparut jamais. Je ne conçus rien, dans l'imagination, de plus parfait que votre vertu... Vous ne me connaissiez pas, et vos soins généreux, votre pitié pour l'étranger

lui ont rendu l'existence. Il vous la consa-
crera toute entière ; votre souvenir accompagnera toutes ses actions, votre beauté lui
arrachera, loin de vous, un soupir, il ché-
rira votre douce candeur ; il sait... il a deviné des regrets... Ah Marie ! cette existence
garantie par vous est bien à vous ; bonheur,
fortune, avenir, amitié ; mon ame, mon
cœur, mon destin sont à vous... A vous
seule... Je dois vous quitter bientôt... Je
rejoindrai ma famille... là je parlerai de
Marie... de mon respect, de son innocence,
de sa beauté et de son malheur...

Et le jeune homme dont les traits son fiers,
pourtant, s'arrête suffoqué de sanglots :
Oui... ici... Adieu... On viendra me prendre
bientôt... Le docteur a écrit aux miens...
Je le lui ai permis... Je vous dirai adieu
pour toujours ; et sans doute nous ne nous
reverrons plus... Je suis un soldat.

Nous ne nous reverrons plus, s'est-il écrié, et Marie n'a pu entendre que cette annonce cruelle à laquelle elle ne s'était point préparée. Nous ne nous reverrons plus, répète-t-elle en pâlissant.

Elle s'éloigne, ses traits sont altérés, mais elle ne verse pas une larme. Vous allez partir, ajoute-t-elle, puis elle s'avance auprès du fauteuil dans lequel le jeune militaire est assis. Partir?... Alors elle s'appuie sur le meuble qui se trouve à sa portée, elle chancèle, elle soupire, elle tombe évanouie; mais en cet instant où la raison nous abandonne, ses larmes se font un passage. Inanimée, semblable à une belle statue du jeune trépas, elle est là, aux pieds de l'inconnu, sans couleur, sans vie, mais ses pleurs coulent silencieux; ses pleurs que le courage moral arrêtait, et que sa faiblesse attire.

Le pauvre convalescent s'élance; de ses

bras débiles encore, il relève la jeune femme.
Marie! Marie! O ciel, tu m'aimais! Moment
heureux! Marie, je t'aime, je ne veux aimer
que toi. M'entends-tu Marie? Je t'aime, avec
amour, j'emporterai ton image entière, jamais rien de ce jour que tu embellis ne sortira
de ma pensée. M'entends-tu? Ah! reviens
donc à toi, Marie tu as ma vie, mon cœur,
mon ame; je n'avais jamais aimé... Mais
réponds... Tu me tues de désespoir!... Marie!
Marie, dussé-je mourir je veux te dire que
toi seule me plais, que je te préfère à tout
ce qui anime l'univers; la terre n'a plus rien
qui me touche, je te sacrifie mon ambition,
mon avenir, mes vœux... Ah! réponds... dis-
moi un mot, un seul mot... Je t'aimai dès le
jour où tu m'apparus comme une vision du
ciel... et toi tu m'aimais? oh! tu peux m'inon-
der de cette joie... Fais-m'en l'aveu, tu m'ai-

mes... ne crains rien; ta pureté c'est mon amour, chaste Marie....

Et prompt comme la foudre, le jeune homme attire la tête défaillante de Marie; ses lèvres se collent sur ses lèvres, il la presse sur son cœur... Sous ce baiser Marie se ranime, éperdue; son baiser involontaire a répondu au baiser qu'elle a reçu.... Tu vas partir dit-elle... Oh! pourquoi t'ai-je connu, malheureuse?...

Fritz se présenta : Marie, dit-il du ton le plus calme, je vous quitte pour plusieurs jours. Une affaire pressante m'appelle à Strasbourg. Ayez le plus grand soin de notre hôte; se retournant alors du côté de l'inconnu : je me réjouis de vous voir à-peu-près guéri. On est l'ami de celui que l'on a le bonheur d'obliger. Ne pressez pas votre départ. .

En disant, son visage est tranquille, son regard sans émotion. Il offre sa main à sa

femme qu'il embrasse ; il salue, il va sortir.
On ne lui a pas répondu un seul mot : pourtant le jeune homme semble confondu ; Marie se soutient à peine : adieu donc, Marie ;
me diras-tu ton vœu de bon voyage ?

— Fritz... soyez... heureux. — A propos,
j'emmène Mina, sa famille, établie à la ville,
demande à la voir... Hé bien, Marie ?

La pauvre jeune femme rougit, s'incline ;
Fritz, quelques minutes plus tard monte
dans sa carriole attelée, sourit doucement en
s'éloignant, tandis que la rieuse servante, en
toilette de fête, se juche sur la banquette
du fond de la voiture, joyeuse de revoir les
siens, et plus joyeuse encore de......

Le jeune soldat, resté seul auprès de l'é-
pouse de Fritz parut d'abord plongé dans
l'abattement le plus profond. A la fin se levant avec éclat : il a tout entendu, Marie,
s'écria-t-il. Il nous épiait. Défions-nous de

cet homme affreux... Ah! pardon! il est votre époux... Que je le hais!... Le voilà, dit-il en tendant le bras, et désignant un point à peine visible, il s'en va, il me hait aussi... Mais mon ame est heureuse, ne m'oublie pas, Marie, Marie ma vie, mon ame, mon espoir, tu es tout pour moi... je t'aime avec passion. Mon cœur est brûlé de regrets et de transports de bonheur; restons purs aux yeux des hommes... mais ne m'oublie pas, car ton oubli me donnerait la mort.

Marie, suffoquée de larmes, garda le silence : Je pars aussi, aujourd'hui, à l'instant!... c'est pour toi... Je pars désespéré... Mais toi... c'est pour toi!...

Marie baissa sa tête sur sa poitrine : Oh! cache-moi tes regrets... ou je reste... Car si je ne te fuis point, redoute un crime peut-être, ajouta-t-il.

— Partez. — Oh! Marie aime-moi; un moment, traite-moi comme un ami; profitons de ce dernier instant de véritable existence... Dis-moi *toi*.

— Adieu. — M'aimais-tu Marie? — Je t'aimais. — Et tu ignores encore le nom que je porte. — En pensant à toi, je disais : mon ami. — Bonheur qu'il faut fuir !... Écoute-moi : un pressentiment m'occupe et me montre une destinée étrange. Né pour être soldat, je veux servir ma patrie. Je porte en ce jour un nom obscur, mais si Kléber s'élève, tu sauras ses succès, sa gloire et son bonheur. Ton image adorée le soutiendra au milieu des périls, le rendra courageux, loyal; après la victoire, son humanité s'éveillera au souvenir de la tienne pour le pauvre inconnu... il n'aimera plus jamais après t'avoir aimée; il t'en fait le serment! Si tu apprends qu'une

femme ait séduit son cœur, nomme-le lâche!
Oh! Marie adieu... Adieu... Laisse-moi la
force de te quitter.

—Partez, répéta la jeune femme désolée...

—

4

Il y a des tortures bien horribles dans les scènes
de l'Inquisition ; mais celles qu'inventa l'amour sont
plus cruelles encore !

LORD BYRON.

Marie est seule. Son ame souffre d'horribles angoisses. *Il est parti*. Elle est seule et elle aime ! Elle soupire ; elle sa rappelle avec désespoir le dernier adieu...

Le dernier adieu ! Adieu sans avenir, sans espérance! Pensée cruelle! moment épouvan-

table et si plein de charmes! En la quittant
les beaux traits de Kléber, couverts d'om-
bres, ont conservé, néanmoins, une mer-
veilleuse impassibilité. Le docteur Miller a
ramené son cheval blessé et guéri, comme
lui, par de tendres soins. Le beau coursier a
reconnu la main qui le guidait... De son
grand œil noir a jailli le feu de l'amitié. On
pourrait croire, tant d'abord il se montre
timide, qu'il se souvient d'avoir une faute à
se reprocher... Mais une caresse flatteuse lui
rend sa bouillante ardeur... Sa tête noble,
fine et belle se relève avec orgueil, son pied
délicat frappe la terre; il blanchit son mors,
il appelle, il demande son cavalier.... Me
voilà, Hector, s'écrie le jeune soldat d'un
accent impossible à exprimer... Allons, partons, abandonnons ces lieux.... Je veux t'aimer d'avantage, Hector, je te dois....

Il s'élança avec vigueur sans rien ajouter

à sa phrase inachevée ; puis, pressant son coursier vigoureux, il allait disparaître :... Adieu ! Marie....

Marie entendit : Adieu donc, répondit-elle. Alors elle regarda fuir son ame, sa vie, sa jeunesse, son repos éternel.... ensuite elle prêta une oreille attentive ; le bruit des pas du cheval diminua. Bientôt tout s'éteignit.... Elle était seule....

Elle est seule ! Sa pureté est celle des anges ; mais un feu brûlant parcourt tout son être, mille sentimens remplissent son cerveau, d'idées désespérantes : Je ne puis être à lui ; mon époux a droit à toute mon affection.... et j'ose aimer un homme autre.... et pour mon époux.... Une invincible haine, un mépris de tous les instans... Malheureuse !... O combien je souffre ! Si je pouvais mourir !.. Quand Fritz reviendra... Oui, mais il ne reparaîtra pas seul... une autre femme...

Ah ! tant mieux !... et c'est un crime qui me
donne cette lueur de repos... Qu'il me laisse,
qu'il m'abandonne... Etre à lui désormais !..
Grand Dieu ! Je le jure aussi comme tu me
l'as juré toi-même, ô mon *ami*, toute à toi...
ou la mort...

Et dès lors des nuits sans repos, sans sommeil, ou agitées de songes épouvantables !
Son ami l'oublie ; il aime une autre femme ;
il l'a trompée, il se rit de ses tourmens.
Elle quitte la maison de Fritz ; elle se montre à l'infidèle, elle lui reproche son manque
de foi ; un geste méprisant a répondu à sa
douleur... Son époux lui apparait menaçant
aussi ; il lui crie son infamie, sa honte ; il la
menace.... Chassée, malheureuse, mépri-
sée, elle se sent mourir !...

Et voilà ses songes de toutes les nuits
et ses journées sont plus douloureuses en-
encore. Son beau visage se flétrit... elle s'af-

faisse... une fièvre dévorante la consume
lentement... Tant mieux! elle se réjouit de
finir bientôt une vie qu'elle déteste à seize
ans. Les jours, les mois fuyent. Elle est
seule. Quelquefois lasse de souffrir, fatiguée
de sa solitude, elle demande au ciel l'oubli
de sa douleur. Elle espère, puis ensuite elle
essaye de changer le point fixe qui l'occupe
uniquement; elle reporte sa pensée sur tout
ce qui l'occupa naguère... elle chérit les
beautés dont Dieu a orné la terre : les fleurs,
les bois; la nature est si belle!... elle a réussi,
Voilà une rose superbe... le bandeau qui
serre son front, le cercle d'acier qui oppresse
son cœur, s'élargissent... elle respire; oui,
elle entrevoit le repos... O bonheur! elle a
oublié! et la voilà redevenue joyeuse jeune
fille, légère, riante. Combien tout ce que me
montre le jour est beau, s'écrie-t-elle, que de
bonheur encore pour moi!... ces fleurs sont

à moi, la vue de cette belle campagne m'é-
nivre de plaisir... je soupire plus librement...
Ah! j'ai oublié...

Elle a cueilli un bouquet. Elle l'arrange
avec goût; elle s'est assise; assise...Tout-à-
coup un souvenir, qu'elle mit tout son courage à chasser, retombe sur son ame. Elle est
seule... où est-il?.. L'oublier! l'oublier! Juste
Dieu... oh non! mourir pour lui!... L'oublier?... non! non! mourir plutôt... Et que
ferais-je sans sa pensée; quelles autres pensées animeraient ma vie? Absent, je le veux
voir encore, lui si beau, si parfait... lui qui
m'aima... Oh! je préfère mon malheur à la
cruelle indifférence... je veux penser à lui!...

Et tout est fini, tout disparaît... Elle pense.
Un sourire de pur bonheur; il l'aime et souffre comme elle... le sourire glisse et s'éteint...
son cœur s'émeut... il l'oublie, lentement...
le temps l'efface de son cœur... Oh! quelle

affreuse douleur a bouleversé ses traits... elle
se lève, tourne ses yeux épouvantés vers le
ciel... son regard fixe demande le trépas si
le malheur qu'elle prévoit, la menace. Il est
auprès d'une femme que la jalousie de la pauvre Marie pare de délicieux attraits ; il parle
de son caprice d'un jour ; il hausse les épaules
d'un mouvement dédaigneux ; il raconte l'a-
mour d'une épouse criminelle pour lui, inconnu... il presse avec passion la main qu'on
lui abandonne... ici encore il promet constance, fidélité éternelle... La jolie femme, en
extase, s'élance sur le sein de celui qui lui
destine tant de bonheur... le plus tendre baiser lui est donné avec délices... Lui, rempli
de sa vive flamme, couvre de caresse le visage
divin de sa nouvelle amie...

Marie, hors d'elle-même, se frappe la poitrine ; au plus haut degré de ce paroxime,
elle s'élance, elle veut fuir... La nuit est ve-

nue; elle pousse un cri : Pitié, mon Dieu!
Pitié, mon Dieu! éloignez de ma tête ces idées
épouvantables! Puis elle s'agenouilla avec
désespoir : Mon Dieu! étais-je maîtresse de
ne le pas chérir? Il m'a respectée et j'étais à
lui, si faible, si misérable! s'il me trompe, il
faut que je l'ignore, ou bien, mon Dieu! laissez-moi mourir...

— Pauvre Marie! — Marie a jeté un autre cri. Son front s'est appuyé sur sa main
défaillante, un frisson la parcourt, tout son
corps est en proie à la plus vive agitation. On
l'a nommée! elle est sur le cœur d'un homme
qui la couvre de baisers, qui l'enlace avec
affection, qui la remercie... Le visage de
Marie est inondé de larmes, et Marie n'en a
pas répandu une seule : il pleure donc! C'est
toi! est-ce toi, dis? Tu pleures sur moi, toi que
j'accusais de perfidie... O grâce! c'est donc
toi!

Il ne répond pas. Le bonheur de la terre
et du ciel est à eux sans partage. Marie tout-
à-l'heure si à plaindre, Marie à présent ras-
surée, a retrouvé celui que son cri de désespoir jaloux avait dit infidèle; la nuit étoilée
les couvre de son voile transparent. La brise,
se jouant sur les fleurs, les arbustes, agite
doucement le feuillage; un ruisseau mur-
mure de tendres plaintes, tout est calme
ailleurs; ils sont seuls dans l'univers... Elle
n'est plus seule; elle cherche une pensée qui
la fuit, elle veut raisonner sa joie; elle éprouve
une joie qu'on ne raisonne plus. Il la nomme :
Marie! — Toi... lui répond-elle ; puis en croisant ses mains avec ferveur. — Lui, ajoute-
t-elle encore.

Elle se jette dans ses bras. O mon ami, je
t'appartiens désormais. Toi seul dans le
monde a des droits sur mon cœur. Quittons
ce séjour où il faudrait tromper et mourir.

Près de toi, heureuse, je partagerai ton sort.
Notre faute ne fut point criminelle de préméditation; je me sentais malheureuse, et tu
l'aurais ignoré... Quittons cette demeure, ta
vie sera la mienne; tes maux, je les veux partager; ne me repousse pas... il est trop tard,
car tu es à moi aussi, à moi pour l'éternité...

Ils sont unis pour l'éternité! Appuyée sur
son amant, Marie, demeurée seule dans sa
solitude, le conduit avec ivresse; cette jeune
et timide femme, courageuse et forte depuis
un moment, ne tremble plus et s'avance...
Elle est rentrée avec *lui*: Voilà ta chambre...
c'est là où ton premier regard m'apprit à
aimer, lui dit-elle; puis le jeune homme
transporté se jette à ses genoux, réitère ces
tendres assurances qu'elle écoute avec délices... Enfin...

Et le lendemain, l'épouse infidèle savait

que son époux entretenait une liaison adul-
tère. Marie refusa d'entendre le récit d'une
faute qu'elle aussi avait commise, et ne se
reprochait point, mais qui l'assimilait à
l'homme que son titre d'époux lui rendait
plus imposant depuis un moment : Je suis
coupable, dit-elle à son ami qui lui avait appris ces détails; qu'il soit oublié. Je n'ai jamais aimé que *vous*... sous le poids d'un
crime il faut quitter ce séjour... Vous m'aimez... je vous aime; loin de lui je ne me
croirai pas blâmable; ici , sous ses yeux, je
serais désespérée.

Ils étaient sous le charme, les deux malheureux jeunes gens. Le lendemain ils pri-
rent la fuite. Sous la sauve-garde de son
amant, Marie fut conduite à l'armée dont
Kléber s'était éloigné à la suite d'une maladie
assez grave.. Il avait revu sa famille, et sergent de volontaires, il rejoignait avec une

femme charmante, qu'il aimait, qui fut
la seule vraiment aimée; et tous deux,
ivres de leur passion, ne prévoyant rien,
satisfaits, transportés; il faisait la guerre, lui
en soldat, en général bientôt; elle en charitable fille, belle, céleste, humaine, adroite,
forte, protectrice zélée de toutes les douleurs,
de tous les maux; chérie de tous aussi, en
Autriche même où son amant servit un instant, et respectée, car sa vertu était douce,
bienveillante, franche, comme son beau
regard... Pauvre Marie !

Notre devoir de romancier ne nous impose point, heureusement, la tâche d'histo-
rien. Qui n'a lu les hauts faits de nos soldats;
qui donc ignore leur brillante gloire; qui,
dans nos familles de France, n'a pas eu un
héros à vénérer, à couronner, à pleurer ensuite ? Ah! cette gloire, cet honneur, semblables à ces riches héritages dissipés folle-

ment par ceux dont le devoir était de les
conserver, demeurent encore purs dans l'ame
de quelques français, pour qui le souvenir de
tant de sublimes choses est un bien, haut
prisé. La France a produit le génie : qu'elle
se repose ; mais qu'un jour elle se sente émue
si son indignation est juste. Ce jour là notre
vieille gloire apparaîtra de nouveau brillante
encore. Elle dira d'une voix ferme : Soldats,
en avant... Cette éloquence là sera comprise. Les soldats français marcheront en
avant... Ils savent l'ancien itinéraire tracé par
leurs pères .. En avant... Gare à qui gênera
leur passage !

Maîtresse déclarée du général que la France
admirait, qui, sur tant de champs de victoires, avait ceint son front de cent couronnes immortelles ; Marie, fière de son
amant, n'était plus heureuse cependant.
L'inconstance naturelle du guerrier l'entraî-

nait. L'amour pur, brûlant, jaloux, dévorait
le cœur de sa maîtresse, tandis que livré à
mille objets de distractions, ami sincère de
sa chère Marie, toujours à ses côtés, préve-
nant, soumis même, il la délaissait souvent
et reparaissait ensuite plus coupable.

Oh! que de larmes, alors, dérobées à cet
amant qui seul avait touché son ame. L'infortunée, jalouse, en proie à des soupçons
faciles à vérifier, entendait de toutes parts
un récit qui la navrait. Pour elle seule, cependant, ce héros avait conservé son aimable caractère de jeune homme; il cachait ses
passions nouvelles; il déguisait ses amours
de passage : Rien ailleurs, lui disait-il souvent, tout auprès de toi, ma bonne Marie!
Mais bientôt, emporté par sa légèreté, il
disparaissait encore, et sa maîtresse, qu'il
avait rendue mère d'une fille belle comme
elle, tâchait de se consoler en se livrant à

ses occupations maternelles.... Cependant la jalousie, cet effroyable sentiment qui survit à l'amour, et quelle éprouvait en aimant avec ardeur; son amour si vif qui se croyait dédaigné; la crainte, toujours, de voir, au milieu des combats, finir la vie de celui pour lequel sa vie n'était pas comptée, tout, à la fois, lui rappelait sa faute. Alors elle se la reprochait; elle pensait à son époux; en pleurant, elle pressait sa petite fille sur sa poitrine; cette enfant lui souriait. Ton père nous abandonne, il nous oubliera; que deviendrons-nous alors?...

Elle était au Caire! Pauvre Marie, elle n'avait pas achevé son quatrième lustre, que déjà elle connaissait tous les maux qui remplissent une longue existence. A chaque instant la mort l'entourait d'horribles spectacles. Oh! alors, tout son malheur cessait d'être pour s'occuper des maux, de la souffrance

de ceux dont les gémissemens ne venaient
point inutilement frapper son oreille. Marie,
depuis long-temps habitant un palais, quit-
tait sans effort sa somptueuse demeure. Timide au départ, craintive, elle n'en suivait
pas moins avec autorité celui qui parait la
terre à ses yeux. Kléber, au milieu du car-
nage, était souvent précédé par elle. Dans
le repos, faible femme ; au milieu des combats, courageuse héroïne, héroïne d'ame, de
courage moral, elle croyait à chaque moment faire un rempart de son corps à celui
qu'elle aimait. Idolâtrant sa renommée, elle
ne lui criait point : Arrête! mais elle se montrait admirable alors de présence d'esprit.
Jamais pourtant on ne la vit, maniant une
arme, chercher le danger ou combattre. Elle
remplissait bien mieux son rôle de femme de
vingt ans, son titre d'amante. Elle était là, à
ses côtés ; elle le devinait, elle l'admirait ; et

quand l'admiration universelle se joignait à
la sienne, pensant avec orgueil au rang qu'il
lui avait accordé, elle se répétait : Il est à
moi! et son ame était énivrée... Son bonheur
la rendait généreuse, humaine; elle cherchait les maux d'autrui. Belle comme un
ange, parée pour plaire à son héros, semblable à une divinité toute bienfaisante, elle
s'agenouillait, elle consolait, elle promettait,
elle aidait à mourir; elle trouvait de l'éloquence, du savoir, de la pitié... Ah! Marie!
Marie, qui, en ces lieux de misère, ne t'eut
fidèlement adorée? Et lui!... lui, il t'avait
adorée aussi, maintenant il te préférait la
sanglante victoire, les honneurs, le commandement, le pouvoir.... Pauvre Marie,
toi, tu le préférais à tout sur la terre.

Un soir, elle suivait à cheval une route
isolée; la lune éclairait avec doute un immense désert. Klébert était demeuré au

camp menacé, et Marie, pour la première
fois, s'était soumise en s'éloignant de lui.
Quelques hommes de la suite du général, et
l'un de ses aides-de-camp l'accompagnaient.
Elle était triste; elle avait tant vu mourir
dans cette journée!

Tout-à-coup de sourdes plaintes parvien-
nent jusqu'à son escorte. Elle prête l'oreille;
distinctement elle entend pleurer : une voix
de femme implore le trépas.... il faut donc
encore et sur le champ se hâter de porter des
secours aux infortunés qui les réclament. Allons! s'écria Marie.

On avance; on arrive. Un jeune soldat est
étendu, pâle, sanglant, sans apparence de
vie. Près de lui une pauvre créature gémit,
se désespère. Oh! mon Dieu est-il donc
mort... S'il est mort je veux le suivre, je n'ai
que lui au monde; je suis perdue! crie-
t-elle :

Et saisissant une arme elle va se frapper ;
mais Marie s'est élancée. Elle s'empare du
bras de la malheureuse jeune fille Qu'allez-
vous faire, dit-elle ? A-t-il réellement cessé
de vivre ? Voyons...

Alors elle s'approche ; secondée par les
siens elle prodigue au soldat blessé tous les
soins que lui a enseignée sa tendre bienfaisance. Bientôt un soupir sort péniblement
de la poitrine du moribond, et la pauvre
fille enthousiaste, et tout à l'heure sans espérance, se jette la face contre terre en re-
merciant Dieu avec ferveur, et priant tout
haut pour celle qui a rendu l'existence à son
bien aimé.

En cet instant l'émotion de Marie est au
moins égale à celle de l'inconnue. O ciel ! en
puis-je croire mes yeux. C'est lui ! Fritz !
— Fritz ! qui me nomme ? Que voulez-vous ?
Où est-elle... celle qui m'aime, qui m'a suivi

loin de notre patrie ?... Pauvre fille ! Mina,
où es-tu ?

Que devenir ? Que faire ? Fritz en ces
lieux, Marie est anéantie. Reprenant ses
esprits, elle s'élance sur son cheval, elle
donne un ordre à basse voix, se sert de l'é-
peron ensuite ; puis confondue, humiliée, elle
parcourt rapidement le trajet qui la sépare de
la ville où elle doit se rendre, et là, se croyant
poursuivie par son époux outragé, elle se
plonge dans les pensées les plus sinistres.
Un malheur la menace, on a sçu sa coupable liaison avec celui que son cœur adore...
Fritz cherche la vengeance... Pourtant cette
fille dont il est accompagné ?... Le hasard
seul aurait-il lancé sur ses pas cet homme
qu'elle a déshonoré ?

Mais la jeune amie du soldat secouru,
veut connaître et remercier sa généreuse
protectrice. Heureuse de savoir son amant

hors de danger, elle se fait conduire à la
demeure de Marie. Elle se présente devant-
elle, s'agenouille à ses pieds, lève enfin son
joli regard, et pousse un cri de surprise :
C'est vous, Madame

Marie a tenté de fuir ; deux bras trem-
blans la retiennent! Oh ! restez, pour l'a-
mour de Dieu ; écoutez-moi, pardonnez à la
pauvre Mina.

L'amante de Kléber relève sa servante
jusqu'alors prosternée ! Quel reproche aurais-je le droit de vous adresser ? dit-elle;
rassurez-vous, coupables toutes deux, toutes
deux deshonorées, nous pouvons rougir ensemble... Mais vous ne me devez pas une ex-
cuse, qu'il faudrait rendre à l'époux que j'ai
retrouvé.

Puis après un moment de silence : Expliquez-vous, poursuit-elle. Que venez-vous
chercher si loin de la France? Suis-je me-

nacée?... Que me veut Fritz ? Je ne l'aime
plus... Ah je lui portais une amitié de sœur,
qu'il a dédaignée... Désormais ma vie appartient à un autre... je suis mère!...

— Ah! Madame, l'amour que vous aviez
inspiré à votre époux est le seul amour qui,
jamais, animera son cœur. Il ne m'a pas
aimée... Il n'aimera plus... et moi! moi! Oh!
je donnerais tout mon sang pour lui! Écoutez-moi sans colère car je suis bien malheureuse.

Ici la jolie allemande essuye ses larmes.
Son timide coup-d'œil sollicite de l'indul-
gence. Marie l'embrasse, et la pauvre fille
raconte ses infortunes à l'épouse de son
amant.

— Oui Madame, j'ai cédé au sentiment
qu'il m'inspirait. Élevée par des parens qui
ne m'avaient point enseigné à vaincre les
passions de ma jeunesse, je crus en l'aimant

n'avoir rien à redouter. Il me séduisit sans peine. Il me retira de votre demeure. Vous disparûtes aussi, alors il s'emporta ; m'assura froidement que son infortune seule l'avait jeté sur mon cœur. Il me dit que si vous l'aviez aimé, il fut resté fidèle à votre amour... Mais moi, je n'étais rien ! Il voulait vous oublier... et pourtant je l'adorais, et plus il me répétait que jamais rien ne toucherait son cœur, plus le mien brûlait avec désespoir... Oh ! Madame ! Madame ! ma chère maîtresse, combien il m'a fait souffrir...

—» Enfin, continua-t-elle, il m'abandonna. O quel tourment ! une autre femme prit ma place... Abandonnée bientôt, comme moi, malheureuse aussi, nous nous rapprochâmes pour le pleurer ; car dès ce moment il se plongea dans les excès les plus affreux.. Votre fortune disparut... La misère le surprit... alors j'accourus à lui....

» Il ne me dédaignait plus. Poursuivi par la honte, il se fit soldat et me proposa de le suivre. Je consentis, il m'aurait ordonné de mourir, que je me serais soumise; car rien ne me fera oublier mon amour... Pauvre Fritz! il avait appris le nom de votre... séducteur... Il me conduisit à un port de mer... et nous vinmes en Egypte...

» Oh! si le ciel lui avait donné un autre cœur! Il est si beau, le plus beau de tous les hommes et le plus infidèle. Vous avez usé son amour... A présent rien ne l'attachera plus. Sans cesse je souffre de son abandon... Dans les bras d'une autre, il m'oublie, et moi! moi! Mais enfin je le vois et quand il est auprès de moi, je suis encore heureuse.

Marie, pendant, que Mina racontait doucement ses infortunes, se livrait à de pro-

fondes réflexions : il est le plus beau des
hommes, pensait-elle! Pourquoi donc n'a-t-
il pas su toucher mon cœur? Et cette malheureuse fille qui l'aime avec tant de passion! Ah! si j'eusse pu l'aimer, il m'eut
rendue heureuse... Car celui que je chéris
s'occupe bien peu de ma tendresse. Comme
mon époux il est infidèle, conduit par ses
sens. Il ne m'a aimée que comme Fritz aime
la pauvre Mina, et son amour perdu a placé
dans mon sein un désespoir sans consolation.

— Qu'ai-je à craindre de lui? S'écria-t-elle
tout à coup, dites-le moi, veut-il venger son
offense? — Oh! non... plus à présent. Son
ame n'éprouve plus de sentimens de joie ni
de peine. Sa violence s'est calmée. Il a voulu
vous voir... Puis, il m'a dit qu'il ne vous
aimait plus... Ce qu'il aime maintenant, j'ai
honte de l'avouer, c'est la femme!... Le

cœur... rien... Ah ! je ne puis m'expliquer autrement... Une seule pensée l'occupe, un seul désir, un seul besoin... La femme... Il a besoin d'une femme... et moi qu'il a perdue, je me sens mourir de mes chagrins, à chacune de ses infidélités.

L'ame de Marie se souleva de dégoût. Après quelques propos plus étrangers, les deux infortunées se séparèrent. Mina courut à l'hospice où Fritz avait été conduit, et Marie dans l'angoisse d'une jalousie qui la dévorait, prit sa fille dans ses bras et pleura de l'abandon ou la laissait celui pour lequel elle avait tout sacrifié.

Nous ne nous appesantirons pas davantage sur ces détails ; la catastrophe qui sépara Marie de son amant est connue. Nous redoutons mortellement de *traîner* le roman sur les débris de l'histoire. Kléber fut un grand homme. Sa vaillance, son bonheur,

sa gloire appartiennent tout entiers aux fastes
de la France. Il mourut assassiné !

Peindre la douleur de Marie? non. Mais
dès-lors son courage grandit avec son infortune. Pauvre désormais, elle s'abandonna de
corps et d'ame au soulagement de l'humanité. Nuit et jour, respectable, généreuse, on
la trouvait ou les maux les plus aigus, la
misère la plus profonde, le découragement
le plus dangereux, réclamaient ses efficaces
soins. Elle avait appris le langage qu'il faut
employer au milieu des camps. Aussi l'ado-
rait-on au centre de tant d'infortune. Jamais
le respect ne s'était démenti. Madame *le Cou-*
rage, l'avaient surnommée les braves qui lui
durent tant de consolations, et à chaque
heure de son existence elle méritait d'avantage l'affection que l'armée entière lui ac-
corda bientôt.

Son souvenir de Kléber était un culte. Depuis le trépas prématuré du héros, elle avait éloigné de sa pensée l'idée de sa cruelle inconstance et quand, après avoir fait le bien, on la remerciait en la bénissant, elle jetait vers le ciel un regard d'amour et de pur orgueil : c'est ton idée qui me guide, s'écriait-elle, ô toi si puissant sur la terre, toi qui commandait aux hommes... ta gloire est celle de mon cœur, tu es mort grand, je n'ai donc plus rien à redouter, mais il faut que celle qui fut ton amie ne descende pas trop du haut rang ou ton amour l'avait élevée !

3.

—

Marie ne se sépara du tombeau de son amant qu'avec les derniers Français qui abandonnèrent la terre d'Egypte. Pauvre, son enfant sur son sein, elle reparut dans sa patrie. Désormais seule au monde, elle pensa un moment, puis elle suivit son penchant

humain, en continuant l'existence laborieuse
à laquelle elle s'était vouée. L'Italie, l'Allemagne, la virent secourante et bonne; comme
l'avait admirée le sol ou Kléber l'avait asso-
ciée à son destin, partout Marie se fesait
chérir. Les années en lui retirant une partie de ses charmes, affermissaient en elle le
besoin d'être utile; partout et en toutes choses, le soldat malheureux ou satisfait recou-
rait à elle avec confiance, *secrétaire de l'armée*, elle écrivait aux familles, elle rassurait,
elle consolait... Elle connaissait les traitemens à offrir aux douleurs physiques; au
désespoir elle accordait une larme de pitié
touchante, et l'homme qui cherchait un appui, qui admirait la vertu, l'abnégation,
aimait Marie... Marie était l'amie désinter-
ressée d'une armée de héros qu'un peu de
gêne désolait souvent, mais qui, en butte aux
plus grandes privations, écoutait la voix de

l'honnête femme et se soumettait ensuite sans murmurer (1).

Et cette laborieuse existence rendaient à son esprit toute sa tranquillité première. Une mélancolie douce succédait aux regrets dévorans Afin de jouir d'une liberté plus entière elle avait placé son enfant à Paris, chez les parens d'un soldat qui, blessé et au désespoir de se séparer de ses compagnons, se chargeait du petit ange qu'il assujettissait sur son sac, et qu'il apportait de Milan en France, marchant difficilement, il est vrai, privé de l'une de ses jambes... Mais Marie lui avait sauvé la vie!... et le brave militaire, à tout prix, voulait lui montrer sa gratitude.

(1) Ce personnage est entièrement historique. Marie existe encore. On peut s'en convaincre en la nommant aux soldats qui occupent le château de Vincennes et aux commis des environs de Paris, le sobriquet sous lequel ils la désignent à présent est : *La mère le Courage.*

Dès-lors les années coururent glorieuse-
ment : Berlin, Naples, Rome, Vienne, la
première fois... et à prix de sang ; le sang
humain payant la gloire ; la victoire se cou-
vrant de lauriers français cueillis sur des
champs engraissés de cadavres... Napoléon
partout à la fois, comme Dieu ! éclairant de
son immense lumière la noble patrie de la
vaillance, des arts, de l'esprit, du goût et de
l'inconstance ! oh ! que de belles choses finies !
quel passé ! un souvenir nous reste... il est
vrai, un souvenir et des malheurs...

Marie courut aussi à sa gloire, elle courait après les infortunes des anciens *soldats
de son ami*. Modestement vêtue on la voyait,
on la recevait ; Masséna, Ney, Kellermann,
Soult, Napoléon lui-même...

Une fois assisse au milieu d'une ambulance, elle pensait une large blessure à la
tête d'un colonel grièvement atteint, lorsque

le premier consul se présenta. Quelques cen-
taines de malheureux couchés sur un peu de
paille, écoutaient le récit glorieux d'une affaire ou Kléber s'était montré admirable de
génie et de courage : en parlant, la femme
trouvait de l'éloquence; abondance simple,
concise, nerveuse, et pleine de sentiment.
Elle mettait dans son récit quelques-uns
de ces mots qui flattent ceux qui ont obéi,
presqu'autant que celui qui commandait et
chacun de ses auditeurs enthousiasmés, prêtait une attention tellement soutenue qu'il
oubliait, tant son ame était pénétrée, les
douleurs vives, que de nouvelles douleurs
fesaient éprouver à son corps. Le colonel lui-
même, la tête posée sur les genoux de Marie, écoutait et serrait de temps à autre la
main de sa digne garde-malade. Mais celle-
ci allait doublement à son but, car le panse-
ment fini, amenait toujours le terme de

l'histoire racontée, et Marie disait encore,
quand Bonaparte s'offrit à ses regards.

— Bravo! s'écrie-t-il, bien! bien! admirable! bonne femme! vertueuse femme... Je
vous connais!

Marie s'inclina. Napoléon lui offrit sa
main qu'elle baisa avec reconnaissance. En
cet instant, le colonel en état d'être transporté, le chef donna lui-même l'ordre, puis
sans s'arrêter davantage, il s'éloigna ornant
ses lèvres de ce sourire admirable qui dou-
blait le courage de ses soldats, et fit sur l'ame
de Marie l'impression la plus vive, car ce
sourire entier lui était offert et l'honnête
créature en comprenait toute la valeur.

Depuis longtemps déjà, son caractère naturellement plein de franchise et de gaîté, avait
vaincu la profonde tristesse due aux infortunes de sa vie. Placée au milieu de toutes les
misères humaines ; partageant le fardeau des

peines supportées avec le plus stoïque courage par une armée toujours grande, vic-
torieuse, quoique manquant souvent du
plus absolu nécessaire, elle avait ri d'abord
afin d'encourager ceux que ce dénuement
affectait, et bientôt la plus véritable philosophie avait remplacé cette factice insouciance. Sans manquer aux vertus de son sexe,
elle trouva tout le courage de l'autre, mais
avec retenue, calme et modestie. Après le
combat, juché sur son pauvre vieux cheval
aveugle, celui-là même que montait Kléber
lorsqu'il fut pour la première fois conduit
dans sa demeure, elle accompagnait les héros
mourans de faim et vainqueurs. Elle-même
affaiblie, elle chantait avec ame ces hymmes
admirables quenos soldats harrassés accompagnaient de leurs voix encore exaltées. On
rentrait pêle-mêle aux quartiers, et là, Marie, après le plus maigre repas, commençait

l'histoire de la journée, distribuait des éloges, nommait les plus braves, pensait tous
les blessés avec patience, adresse, et termi-
nait d'ordinaire par son pieux refrain, avant
de s'étendre dans un coin, sur la terre humide, ou la fatigue lui valait une nuit calme et
tranquille : à la grâce de Dieu.

Et la grâce de Dieu la bénit l'honnête
femme ! Sa louange était répétée par mille
cris de reconnaissance ; chacun s'empressait
autour d'elle. Elle était arrivée au point de
se croire heureuse. Souvent on lui adressait
de Paris des nouvelles de sa petite fille, belle,
gracieuse, spirituelle, comme un diable, écrivait l'invalide. Et tranquille sur ce point elle
redoublait près de *ses autres enfans*, d'a-
mour, de charité, en ce moment pourtant
elle comptait à peine vingt-cinq ans.

A trente, il ne lui restait plus guère que

les traces de cette beauté si remarquable, qui avait tout d'abord séduit l'inconstant Kléber. Couverte d'une capote militaire, la tête serrée dans un mouchoir commun, posé sans aucun apprêt, elle bravait *avec ses camarades* l'intempérie des saisons; la misère, ou l'abondance l'inquiétait peu, toujours son humeur égale lui fournissait de gais propos dont le sel goûté parfois, arrachait des bravos sans fin, et faisait au centre d'une armée, les délices des longues soirées d'hiver; et à l'abri des arbres fleuris du printemps, entraînait à la joie, de pauvres diables criblés par la mitraille, ou courbés par la fatigue d'une marche forcée, longue et difficile.

Elle atteignait son septième lustre quand occupée à extraire une balle de la cuisse d'un vigoureux grenadier de la nouvelle garde impériale, car en l'absence des chirurgiens,

elle n'hésitait plus depuis longtemps à opé-
rer les traitemens les plus délicats , les plus
difficiles; elle fut elle-même frappée à la
poitrine : Adieu mes enfans , s'écria-t-elle...
Puis elle tomba : A la grâce, murmura-t-elle
encore... Elle s'évanouit.

On la crut morte. Cette nouvelle se répandit sur le champ. Chacun accourut. **Tous**
les braves voulaient donner une larme au
trépas de la vertueuse amie qu'ils perdaient...
Les généraux aussi vinrent mêler des regrets
à ceux si franchement exprimés par leurs
soldats. L'empereur envoya un aide-de-
camp aux informations; bientôt il apprit que
la situation de Marie, dangereusement blessée, laissait encore quelqu'espérance de
salut. Sur le champ il vint lui-même, s'offrit
à elle dépouillé de tout prestige, la rassura,
lui promit sa bienveillance, et ne se retira
qu'après avoir obtenu des chirurgiens l'as-

surance positive d'un rétablissement prochain.

Cette visite de Napoléon à la sœur hospitalière des camps français, ravit tout l'armée.
On se rendait en foule à l'ambulance ou
gisait celle qui depuis quinze ans s'était oubliée, pour ne songer qu'au bien-être de ses
semblables. Les soins qui lui furent accordés
se ressentirent de la haute protection du
maître, et de l'affection qu'on lui portait.
Sans cesse, ce que l'armée reconnaissait de
plus illustre se plaisait à venir lui donner des
preuves de son souvenir ; tel général, aujour-
d'hui ; accourait lui offrir des marques de
son estime en lui rappelant un service rendu
jadis au simple soldat. Pour elle, libre d'esprit, sans ambition, mais aimant la gratitude, elle se réjouissait de la reconnaître
chez ces braves ; aussi se promettait-elle de
ne jamais se séparer de ses véritables amis.

Elle voulait mourir, leur disait-elle, comme
eux, de leur mort, sinon aussi glorieuse et
utile, au moins en tout point semblable : J'ai
grand peur de la plus petite fièvre, mes enfans,
répétait-elle en souriant, mais grâce à Dieu,
ainsi que vous, je ne crains pas les boulets
ennemis... J'ai gagné votre courage par ambition, ou amour-propre.

Les médecins s'étaient un peu légèrement
flattés de la rendre promptement à la santé ;
la blessure était grave. Sa convalescence
fut longue. On lui ordonna l'air de la patrie ;
elle refusa d'abord obstinément de quitter
ses compagnons. Un mot de l'empereur la
trouva soumise ; un mot écrit de sa main !
Elle lut le billet, elle en baisa la signature. Le
lendemain on lui apporta un rouleau d'or
qu'elle refusa encore, et qu'au nom du souverain elle accepta avec quelque répugnance ;
puis monté dans une légère carriole à la-

quelle on avait attaché son vieux l'Aveuglette, elle quitta les bords du Rhin et s'achemina vers la France, accueillie et fêtée par tous ceux qui savaient son retour, car il n'était pas alors un seul soldat qui n'eut reçu d'elle un service, et à qui sa réputation ne fut connue.

A Paris, elle débarqua dans la famille du pauvre diable qui, en Italie, s'était chargée de sa fille; depuis longtemps elle était sans nouvelle de sa petite Juliette. A son abord la vieille mère du soldat se troubla, pleura, poussa les hauts cris. Juliette, belle comme un ange, avait disparu. Un an s'était passé sans qu'il fut possible de découvrir le lieu qui la recélait; et à la fin de ce récit, des sanglots, des soupirs, des regrets, des gémissemens, car on avait soigné sa jeunesse avec amour, on l'avait placée dans une honnête maison de commerce... La pauvre enfant ren-

trait seule au logis le soir, il est vrai... mais
elle avait tant de finesse, de malice; elle était
si sage...

Marie n'adressa point de reproches inutiles aux infidèles gardiens de la jeune fille.
Le chagrin que l'on étalait devant elle ne la
trompa point. Un soupçon fâcheux assaillit
son esprit; elle regretta amèrement d'être
séparée de son unique enfant, mais éloignée
depuis longtemps de cet objet d'une si vive
affection, elle appela à son aide la haute
philosophie dont elle s'entourait quand le
malheur fondait sur elle inopinément. Elle
versa d'abondantes larmes; le déshonneur
de son enfant, l'enfant de Kléber, désola son
ame... mais elle se releva. Seule au monde,
encore une fois, elle résolut de continuer sa
vie nomade. Au milieu des soldats français
elle possédait une famille, et bientôt reconnue,
ses amis ne lui faillirent point. D'une caserne

à l'autre elle parcourut Paris et les environs.
Toujours bonne, elle chargeait sa petite
voiture d'objets utiles à ces braves qui
fournissaient eux-mêmes à tous ses besoins.
Point de salaire humiliant à l'honnête femme.
L'ordinaire tout apprêté, et pour son vieux
cheval la provende abondante, et la haute
litière....

Et de jour, de nuit, voyageant sans crainte,
à la grâce! comme elle répétait, elle était
joyeuse, libre, aimée, vénérée, consultée...
Un sourire général la fêtait, un verre de bon
vin rappelait la chaleur dans son corps glacé
après de longues courses... et elle marchait
sans inquiétude, sans soucis, heureuse, gaie,
remplie de bons contes, insouciante; se mo-
quant de toute fausse délicatesse, ne possédant jamais un denier vaillant, traitée de
folle par les gens qui ne la voulaient pas
connaître et juger, repoussée par les cœurs

froids, égoïstes, mais aimée de ceux auxquels elle avait consacré sa vie tout entière ; telle était celle que nous avons laissée cheminant par un temps effroyable sur la route de Versailles à Paris, couchée sur des sacs remplis de sable, et dormant là, cahotée, mouillée jusqu'à la moelle, aussi paisiblement qu'une duchesse sous son riche baldaquin, et douillettement bercée dans le duvet que la soie emprisonne.

On était alors au commencement de janvier. Marie venait d'atteindre sa quarante-troisième année. Sa fille en avait seize. Sa fille, objet de tous ses vœux, dont elle ne parlait plus, mais qu'elle regrettait amèrement. En songe même, Juliette lui apparaissait éclatante d'attraits et de grâces, et même en ce moment, en proie à un rêve heureux, elle retrouvait son enfant, elle le pressait sur son sein avec amour : Ma mère, pardonnez, criait la pauvre créature. — Oui, ma fille, mes bras te sont ouverts, je dois être indulgente; confie-moi tes malheurs.

On se souvient que le bon vieux cheval marchait paisiblement, à son aise, sans frein, habitué qu'il était à son libre arbitre. Depuis quelques années les courses de Marie suivaient un itinéraire invariable : il y avait une garnison à Versailles; il y en avait une nombreuse à Paris, à Vincennes, à Fontainebleau, à Melun; l'Aveuglette suivait intelligemment le chemin le plus droit. Or ses habitudes la conduisait de Versailles à Vincennes, et le brave animal avançait en paix malgré la pluie et le froid. Il venait d'entrer dans la capitale par la barrière des Bons-Hommes, il côtoyait la route qui longe le Cours-la-Reine, il traversait le haut de la place de la Révolution, il suivait les quais, la tête basse, ruminant, pensant peut-être,

se dirigeant à coup sûr, tirant un peu aux
montées du Pont-Neuf, se laissant pousser
aux descentes nécessaires; fatigué déjà ,
mais se réjouissant d'atteindre bientôt le
lieu d'asile où on lui prodiguait des soins ,
des caresses, et la nourriture délicate que
sa vénérable vieillesse lui rendait si nécessaire.

Parvenu sur le quai des Ormes, tout près
de la rue de Jouy, l'animal se cabra subitement, ce qui depuis de longues années ne
lui était point arrivé; la frêle carriole, par
contre-coup, recula de quelques pas. Marie,
dont le sommeil était léger, s'éveilla aussitôt;
le cheval avait cessé d'avancer ; Hé bien!
l'Aveuglette! qu'est-ce donc, mon vieux? Tu
trembles? Marche un peu? en avant, et à la
grâce!

— Arrêtez, s'écria une voix étrangère. —
Que voulez-vous? répondit résolument la

courageuse Marie... Si vous avez faim suivez-moi, j'ai du pain à votre service, mes
amis ne refuseront pas de partager le leur
avec un homme malheureux; si au contraire
vous êtes un malfaiteur, laissez passer la
femme qui ne possède rien, et que Dieu vous
envoie une bonne pensée...

— Je suis désespéré, s'écria l'inconnu.
Je viens de commettre un grand crime... le
premier... Je voulais me détruire ensuite,
car le remords m'assaillit, mais je tiens à la
vie par un lien que je n'ose briser... et cependant il fallait que la malédiction étrangère
soulageât mon âme... Maudissez - moi je
viens de tuer mon semblable, et je l'avoue
afin de résister à la tentation de me précipi-
ter dans les flots!...

En cet instant, Marie se croit tourmentée
d'un épouvantable songe... Elle pousse un
cri... on accourt. Une patrouille débouche

d'une rue voisine... l'étranger fuit à toute
jambes, l'Aveuglette a repris son pas ordinaire, et sa maîtresse a répété sourdement :
Fritz! Fritz!

6.

Ce diable d'homme est un être bien mystérieux.

Schiller.

Marie n'a pas tardé à retomber dans l'assoupissement d'où elle a été tirée tout à l'heure. La scène à laquelle elle a pris part s'est effacée de son souvenir. La présence du malfaiteur, son discours plein de désespoir, le nom qu'elle a prononcé, ont été pour elle comme la continuation du rêve auquel son cerveau était en proie d'abord; en cet instant encore l'imagination lui crée des idées fantastiques, bizarres, qui l'effraient : Un vieillard se débat sous le couteau d'un assassin... Elle ne connaît point la victime, mais les traits du meurtrier lui rappellent ceux de l'homme qui fut son époux... Ces images de mort la remplissent d'une douloureuse horreur. Elle veut s'élancer, ses jambes, clouées à la place qu'elle occupe, lui refusent leur secours... Enfin, le crime s'achève, le sang du pauvre vieillard coule en abondance, ses rares cheveux blancs en sont souillés; il joint les mains en suppliant... il demande la vie... Ah! grâce! grâce! essaie de crier Marie... Mais sa bouche est muette... tout est fini... Le meurtrier s'éloigne avec rage; la pauvre femme est demeurée seule, tombée mourante à côté du cadavre de l'homme assassiné.

Depuis quelques minutes, notre excellente
et digne amie est assise sur ses provisions,
se frottant les yeux, éveillée par la terreur,
cherchant du regard un refuge, désirant dé-
tourner de sa pensée l'idée horrible qui la torture. Marie n'est point superstitieuse, son courage l'a soutenue dans les occasions les plus
difficiles... Là, le malheur fut une chose positive, il fallait le vaincre ou en être accablée ; ici rien qu'un songe, rien de vraisem-
blable même ; et pourtant son ame est émue.
Les phases de ce songe épouvantable étaient
graduées comme une action combinée. Les
détails étaient clairs, rien d'exagéré ; c'est
bien ainsi que le crime agit. Le silence furieux du malfaiteur, les plaintes du malheureux auquel on arrache l'existence, son
émotion à elle, son tremblement, sa crainte...
Car bien maîtresse de sa pensée, désormais,
elle retrouve le lieu de l'assassinat, elle re-

connaît les traits du vieillard ; et le meurtrier ?... C'était Fritz... grand Dieu !

L'Aveugette, arrivé au terme de sa course,
attend patiemment que sa maîtresse leur
procure à tous deux un abri. Ils sont en cet
instant devant la haute tour qui forme l'entrée principale de la forteresse de Vincennes;
le pont n'est point baissé encore. L'horloge
du château sonne quatre heures. La lune, se
dégageant d'un gros nuage, vient frapper
d'aplomb le donjon qu'elle blanchit, qu'elle
dessine uniquement au milieu de ce noir
cahos ; tout le reste du fort demeure plongé
dans l'obscurité la plus complète. Marie,
calmée, se raisonne mieux. Tout à l'heure,
entourée d'amis, elle verra se dissiper la mélancolie quelle doit au souvenir de son rêve
sinistre. Déjà elle goûte une tranquillité plus
ferme. Elle rira volontiers de sa terreur en
la racontant aux braves qu'elle vient visiter.

Et sur le champ, transie de froid, elle quitte sa carriole. Son cheval la salue d'un hennissement plein d'affection ; elle s'oriente dans les ténèbres qui l'environnent ; elle marche avec vitesse afin de dégourdir ses membres rompus par la fatigue d'une nuit tant agitée... A Vincennes, à Paris, à Versailles, à Compiègne, n'est-elle pas chez elle ? On va la revoir avec joie ; elle passera une heureuse journée au milieu d'hommes qui reçoivent ses soins, et qui la comblent de reconnaissance. Que demande-t-elle de plus ? Et pour une sottise, un songe menteur, une folie de la nuit, elle s'attristerait, elle qui supporta tant de maux, qui les a tous éloignés de sa pensée ! Elle philosophe, elle qui n'a rien à craindre, qui ne craint rien, parce qu'elle a tout souffert, tout supporté : les maux de l'ame, les douleurs du corps...

Cependant les heures marchent lentement

seule, elle revient à cet unique souvenir qui l'obsède. Bien à elle, maîtresse de sa volonté, elle retombe incessamment sur une pensée qui la confond, qui l'absorbe...

Enfin le crépuscule paraît avec doute. Marie s'est avancée dans le bois sans s'en apercevoir. Elle touche à la grille de St-Maur; tout aussitôt elle revient sur ses pas. Elle arrive horriblement fatiguée. Vincennes s'anime; le tambour, les trompettes, se mêlent dans l'intérieur, et donnent aux soldats le signal du travail accoutumé. Ce bruit auquel Marie est faite, et qui lui plaît, ranime sa vigueur : Entends-tu, mon vieux, dit-elle à son cheval en lui passant doucement la main sur le cou; entends-tu? Et l'Aveuglette qui fit jadis la guerre en luron, sous un héros; l'Aveuglette ramasse toute son énergie. Vieux guerrier usé, il frappe la terre de son pied débile; un mouvement

de sa vénérable tête qui s'élève et cherche
le ciel qu'il ne peut plus voir, donne à son
vieux corps une attitude plus ferme... Il hen-
nit encore, le bon vieux cheval... il rajeunit
peut-être.....

En cet instant une femme paraît devant la
porte d'une boutique quelle ouvre. Marie,
grelottant, s'avance : Que voulez-vous ? lui
demande la maîtresse de l'auberge. — Je
meurs de froid et de besoin, madame Thomas.—Avez-vous de l'argent, Marie?—Car
Marie est connue.—Non... mais... j'ai sauvé
la vie à votre fils à Austerlitz... Il allait
mourir, moi je le tirai du milieu des cadavres et le soignai. — C'est possible, Marie,
mais dans nos maisons on vend et on ne
donne pas, car ici, nous savons que, tout
ce que nous donnons doit rapporter, parce
que ça nous coûte. Adressez-vous à des

bourgeois... D'ailleurs le château va vous être ouvert.

Et l'égoïste femme s'éloigne, rentre, referme sa porte, et laisse notre amie affligée, mais non humiliée ou surprise d'un accueil auquel les *bourgeois* qui la nomment folle, intrigante, et pis encore, l'ont accoutumée.

A la fin le concierge Mariet, concierge jeune encore, ex-sergent-major de la vieille garde, beau garçon, ma foi; gros, gras, frais, amoureux de sa femme, portant le ruban à la boutonnière, ruban honoré à cette époque; ayant de plus une jambe de moins, ce dont il est tout glorieux, le brave; jambe de moins qui lui a valu une épouse aimable, fille du concierge son prédécesseur, vieux soldat aussi, qui s'est tué de désespoir, en se précipitant du haut du donjon, un jour que Napoléon, visitant la place, le trouva ivre, et le lui reprocha sévèrement;

Mariet, dis-je, bien fourré, serré dans sa
capote de sergent, le trousseau de clefs
énorme suspendu à son bras, parait à la
porte principale, crie ses ordres aux soldats
qui lui obéissent, et détachent les chaînes
dont il a ouvert les cadenas... Déjà sur le
grand chemin, et plantés devant la porte
d'avancée, une foule de paysans pourvoyeurs
attendent ce moment avec impatience. Le
pont glisse et se place, les roulemens disent
l'ordre de laisser passer; le concierge, droit
et ferme reçoit les cartes d'admission avec
gravité, noblesse, dignité et sourire. Il est
le maître. On le salue; les jeunes filles cher-
chent un regard de ses grands yeux bleus;
ces jeunes filles portent dans le fort en toute
saison et leurs fruits et leurs fleurs, pauvres
fillettes!... Et le concierge, quoiqu'il aime
son épouse, se laisse aller à fermer ses yeux
bleus quelquefois : Je ne veux que de la

fleur pour prix de ma complaisance, allez porter le reste où vous voudrez, mes enfans...

On lui obéit. La cantine est envahie; déjà les soldats ont pansé leurs chevaux; en pantalon de toile, sabots garnis de paille, manches retroussées; mais propres, frais, dispos, ils rient fort et ferme; madame Mariet, polie, gracieuse, bonne, et courant sur les mots les plus drus, verse sans compter ses mesures d'eau-de-vie remplies en conscience. A cette heure du matin, tous les soldats sont frères : à toi! à vous! et on avale sans sourciller. Celui qui a de la monnaie paiera; celui qui ne possède rien, paiera plus tard. Le prêt donc...: Oui un tel, c'est bon! répond l'honnête concierge, et le gamin de dix ans, fils aîné du couple Mariet, enregistre très lisiblement le crédit accordé. Ce crédit si franc, si aisé à obtenir,

aide à la consommation; le pain chaud, tant
ami de l'eau-de-vie matinale, le fromage de
Marole si savoureux, le cervelas à l'ail des
caporaux, brigadiers et autres grosses têtes,
tout cela se montre, disparaît, se remontre
et redisparaît à donner faim et soif à un
prince blâsé; et puis les gaudrioles, pas
trop corsées; et tant de lurons réunis, si
joyeux, si en dehors de la vie ambitieuse,
si bons, si doux, si faibles et si forts...

Mais que veulent ces deux maréchaux-de-
logis de dragons assis à l'écart? ils parlent
pour eux seuls. Ils ont fait déboucher une
fiole cachet gris... une tranche de jambon
étalée attend vainement qu'on la ffatte. Ils
boivent bien pourtant *nos seigneurs ;* voici
la seconde bouteille. Diable! une troisième...

Et en passant devant ses supérieurs, chaque soldat salue de la main à son bonnet de
police, et machinalement les chefs rendent

cette politesse, mais avec distraction, eux
si bons, si fort les camarades de leur subor-
donnés...

/ — Madame Mariet, c'est à vous ? crie le
plus âgé, vingt-huit ans à peine ; à la cantinière. — Me voilà M. Thomas, et afin
d'obéir, elle se débarrasse de plusieurs poi-
gnés de gros sols tombant jusques-là dans
son tablier comme la grêle. Avant de s'éloigner de son comptoir elle salue à droite,
sourit à gauche, accepte les mains qui s'é-
tendent et s'offrent, car rien de susceptible
comme un soldat, et notre hôtesse connaît
à fond l'esprit militaire, la manœuvre, et la
discipline; complaisante par nature, intérêt
aussi, au point d'expliquer la théorie aux
recrues qui ne savent pas lire... le tout sans
pruderie, avec adresse féminine et équi-
libre, ce qui est le point essentiel, capital, et
difficile à la place qu'elle occupe ; or donc,

elle va s'asseoir sur le banc, l'air attentif, et se dispose, entre nos deux maréchaux-de-logis, à juger le différent qu'ils débattent et qu'elle a facilement deviné. — Voici l'affaire *en litige,* écoutez de toutes vos oreilles... Ai-je tort ? — Un moment ; vous n'avez pas l'habitude de manquer aux amis, Germond, dit l'adroite femme à celui qui le premier a porté la parole, mais encore faut-il apprendre. — Ah ! c'est vrai ! voilà le fait, et Thomas m'appellera menteur, si *je blague.* — Parle, répond brièvement le maréchal-de-logis Thomas. — J'écoute de toutes mes oreilles, ajoute la cantinière.

Mais, Monsieur Germond est un brave, le coup de sabre, le coup de canon, le coup de lance, bah !... Parler, raconter, se donner droit éloquemment parlant, c'est autre chose. Il tortille sa rousse, épaisse et cirée moustache ; il l'attire de sa lèvre supérieure dans sa bouche, il la croque; il se gratte le front... Diable! sacre... et rien.

— Veux-tu que j'explique l'histoire, s'écrie, à bout de patience, son camarade. — Laissez, dit l'hôtesse, il est ému, ça va lui venir, et je puis attendre. — Brave femme, s'écrie Germond. — Bonne femme, ajoute Thomas; puis un peu après. — Faites nous servir une bouteille. — Louis, crie la maîtresse de céans à son *commis*, Louis, une bouteille du même!

Du même. Le garçon a bien compris; il en sert de l'autre. Les buveurs sont échauffés, ils boivent de confiance. Cela est permis à un marchand de vins; ne blâmez donc pas, lecteur, la tricherie de madame Mariet.

Et dans les verres la liqueur est versée. On trinque en murmurant. Le temps s'écoule. L'hôtesse pétille de regagner son comptoir autour duquel le monde se presse.

Néanmoins ses traits sont calmes. Elle les
anime d'une teinte de curiosité interroga-
tive; mais elle est là, comme oubliée. Les
coudes posés sur la table, chacun des adversaires se livre à ses pensées et se tait; on
boit à petites gorgées le contenu du verre
qui se remplit d'instant à autre.

Au bout du compte elle se hasarde à faire
un pas. — Hé bien, vous vous en allez?....
— Quoi vous nous plantez-là?

En ce moment un houras joyeux et
bruyant parvient jusqu'à eux, qui interrompt
le discours commencé. Qu'est-ce que ça?
s'écrie la cantinière, enchantée de saisir
cette occasion de s'éloigner. Marie, Marie?
répondent mille cris du dehors. Marie, ripostent les deux maréchaux-de-logis, et ils
se lèvent, s'élancent, sortent, se frayent un
passage difficile dans la multitude, apper-
çoivent notre amie, l'embrassent avec ten-

dresse, l'entraînent, suivis de tous ceux qui, plus lents, sont privés, mais sans jalousie, du bonheur de lui exprimer d'abord leur affection.

Et que l'on se figure la joie toujours nouvelle de notre Marie ainsi accueillie. Elle sait tous les noms. Elle les répète. On couvre ses mains de baisers; les officiers survenus la saluent; de toute part on la convie : la petite goutte qu'elle ne refuse pas; le verre de vin blanc ensuite, et puis la tranche de jambon intacte de nos maréchaux-de-logis.

A la fin l'enthousiasme s'appaise. Ici un grognard d'Eypte, d'Allemague, d'Italie, grognard souvent en colère contre son *empereur* qu'il adore pourtant comme une maîtresse, et davantage infiniment que son père et sa mère, raconte à un conscrit l'histoire et les mérites de la nouvelle venue; el'e a plus de vertus que pas un soldat de

l'armée, dit-il en terminant son récit, plus
d'honneur qu'aucune de nos vivandières,
plus d'humanité qu'une religieuse, plus d'esprit que moi qui te parle, blanc-bec, et si tu
n'es pas content, vas en chercher une meilleure, mais avant, tu m'as séché le gosier,
et ton gousset n'est point encore percé.

Et madame la cantinière, que les longs
discours enrichissent par la raison donnée
au conscrit, est sommée d'offrir un flacon
au grognard que l'autre paiera sans grogner.
Et pendant cela Marie est bien reconnue.
La table qu'elle occupe est couverte de
vins de toutes les couleurs; elle s'informe :
un tel, un autre, un autre, et puis un
autre?

Ils sont malades ou mis en consigne, ou
enfermés pour quelques fredaines; elle les
verra donc, les consolera, leur dira une
histoire, lira leurs lettres, fera les réponses,

car avant tout elle est disposée à l'obligeance.

L'Aveuglette, pendant que l'on traite sa patronne, est fêté ailleurs. Sa place d'habitude au centre de la meilleure écurie; son foin haché menu, au pauvre vieux; et puis son pot de vin; sa croûte trempée... Le bon vieux cheval.

Enfin, l'heure appelle les braves à leur service. La cantine se désemplit; mais on reverra Marie; elle dînera à l'écot des sous-officiers; demain à celui des lieutenants, après avec tout le monde, puisque tout le monde la veut, l'aime, lui offre, la vante, l'embrasse, ou la vénère.

Est-elle heureuse! Suis-je heureuse! s'écrie-t-elle. A la grâce!

Maintenant ils sont demeurés trois seulement assis. La chère hôtesse s'occupe de son excellent époux. Le café est apprêté

avec soin; la crême est de première qualité,
le sucre, quoique fort cher en 1807, n'est
pas ménagé, Mariet aime les douceurs;
donc notre amie peut entendre le récit de
ses deux voisins, car ils s'adressent à elle
sans gêne, avec confiance, amitié et sans
amour-propre inutile : Voilà donc, dit Germond, ce qui nous divise. Thomas avait
une jolie fille, blanchisseuse de fin, qui pre-
nait soin de lui; moi je fréquentais une cuisinière soignée, mais pas belle, il faut être
juste. La blanchisseuse de fin blanchissait
Thomas; ma cuisinière m'engraissait. Thomas, qui séchait sous son linge plissé, me
proposa de troquer. En bon camarade j'ac-
ceptai, car je pouvais maigrir sans crainte,
ma graisse me gênait; nous nous réunîmes
tous quatre pour nous entendre. La chose
s'arrangea, et cela marcha bien d'abord.

Mais un mois après Thomas tricha. Je le

surpris *la main dans le sac*, et je fus jaloux, car je m'étais attaché à ma blanchisseuse. Je n'étais pas encore maigri et Thomas engraissait. Ah! tu veux tout avoir? lui dis-je. il se fâcha... Est-ce vrai, Thomas? — C'est vrai, Germond. — Marie, nous irons sur le terrain. — Oui, riposta le maréchal-de-logis Thomas, mon bancal est rouillé; mais après convenons d'une chose : les deux femmes chercheront ailleurs; ni toi, ni moi, ne nous y refrotterons. — C'est entendu.

Marie, le code vivant des militaires et de leurs affaires particulières, jugea le cas avec sa conscience habituelle : Mes enfans, si vous y êtes bien décidés, avec vos caractères, dit-elle, les plus superbes sermons du monde y perdraient leur vertu. Je suis fâchée que deux amis se brouillent, et comme le raccommodement peut être prompt, allez... mais sans bruit; je vous accompagnerai, j'ai ma trousse.

dans ma poche, ma charpie ne me quitte jamais... Ménagez-vous surtout, je vais vous
choisir des témoins.

A peine un quart-d'heure s'était-il écoulé
que déjà les deux rivaux, bien entourés,
s'alignaient habit bas après une accolade
fraternelle. Marie, appuyée contre un arbre,
jugeait encore là. Enfin, après différentes
passes, où chacun des adversaires cherchait
à déployer sa force, sa grâce et son sang-
froid, Thomas fut touché à l'épaule. L'en-
taille profonde, dessinée à tour de bras,
s'ouvrit et lança un flot de sang. Germond
jeta sa lame en courant à son ami; les témoins applaudirent froidement et raisonnè-
rent la valeur du coup, tandis que Marie,
déjà à la besogne, rapprochait les chairs
qu'elle bassinait d'eau claire et de sel, puis
elle posait l'appareil qu'elle attacha avec une
dextérité qui lui valut à son tour une masse

d'éloges auxquels elle ne prêtait plus la moindre attention.

On ne s'était pas trop avancé dans le bois ; on reparut au village, le blessé, soutenu par Marie, pâle, faible, chancelant. En passant devant la porte inhospitalière où notre amie avait entendu repousser sa prière, madame Thomas se montra subitement. Qu'est-donc ? demanda-t-elle. — Dam', votre garçon qui vient de se faire couper, mère Thomas. — Ah! Dieu, Seigneur! il est mort, je suis sûre! — Non, puisqu'il marche ; notre Marie ne l'a pas quitté ; elle l'a pansé, elle dit que ça ne sera rien, et on peut la croire.

Madame l'aubergiste eut un peu de mé-mémoire ; elle rougit. Son action du matin était laide, et presqu'aussitôt Marie sauvait peut-être encore la vie à son fils.

Ignorant toute délicatesse, elle s'empara du bras de celle qu'elle avait chassée naguè-

res : Venez tous, s'écria-t-elle en pleurant ;
Marie, voulez-vous prendre quelque chose ?
uu doigt de vin, pauvre chère et digne
femme.

— Rentrons au quartier, répondit Marie
en continuant sa route ; je vous remercie,
votre garçon a besoin de repos.

Et cette action nouvelle, cette bonne action de la sœur hospitalière de l'armée remua
encore une fois tous les cœurs. Elle simple,
naturelle, ne se sépara pas de son malade,
passa le reste du jour et de la nuit à son
chevet, l'encourageant, le dorlottant, le faisant rire, et surveillant son sommeil.

70.

—

Taisez-vous perronelle ! — Je veux
parler au tabellion.

DANCOURT.

Vingt-quatre heures après le blessé se portait presque bien ; son ami Germond venait
à chaque moment presser la main libre de
celui qu'il aurait tué la veille avec plaisir.
Marie sortit alors ; elle vaqua à ses travaux

de cœur ; elle rendit sa visite du matin au vieux cheval qu'elle trouva enterré dans la fraîche litière.

L'aveuglette salua gaîment sa maîtresse ; il reçut une douce flatterie en échange, et dès lors tout, dans la forteresse, retomba dans sa forme accoutumée : bombance, historiettes, confiance et désaccords par ci par là, que Marie appaisait d'un mot.

Elle voulait repartir au bout d'une semaine ; ce temps passa, et on la décida à demeurer encore. Un matin, la veille de sa sortie de Vincennes qu'elle abandonnait pour Fontainebleau, où on la désirait vivement, Marie reçut la visite d'un sien ami vaguemestre. J'ai pour vous une lettre, Marie, dit le facteur-soldat. — Une lettre, s'écria-t-elle avec étonnement ; qui donc peut m'écrire ?

Puis elle lut. On la demandait sur le champ chez un notaire de Paris ; on l'engageait à se

munir des papiers constatant son état ; puis
on signait, et l'adresse suivait la signature.
Elle partit.

Quand elle reparut, son abord surprit.
Cette femme si maîtresse d'elle, si froide en
apparence, si stoïque, portait sur des traits
renversés un signe d'étonnement, de surprise, de folie inconcevable.

On l'entoura encore ; elle se tut. On la
questionna, elle sourit ; puis s'exclamant
tout-à-coup : Madame Mariet, dit-elle à la
portière-cantinière, pouvez-vous entreprendre un repas, un festin, un gala énorme,
sans exemple pour le nombre d'invités ? —
Et combien donc d'invités à votre gala ?
s'informa la cantinière. — Dix-huit cents
environ.

Elles est folle, pensa l'hôtesse. Pourtant
elle répondit : Dix-huit cents !... Où les lo-
gera-t-on ? — Cherchez bien, répondez, où

je serais avec regret contrainte de traiter
mes amis à Paris. — Dans le Champ-de-
Mars, apparemment ? — Pourquoi pas...
Ils seraient logés à leur enseigne. — Enfin,
parlons raison, Marie, que voulez-vous de
moi ? — Un gala, un festin de choix en
vins, gibier, volaille, fruits, eau-de-vie et
liqueurs, le tout au comptant, sans marchander un sou ; est-ce clair, précis, net et
positif ? — Ah ça ?... — Rien ! rèfléchissez.
Je vous quitte, demain sans faute je régale
mes amis ; apprêtez une réponse pour mon
retour... Dans une heure je suis à vous !

— Elle est folle dit la concierge à son
époux, en lui racontant l'aventure ; et bientôt Marie eut perdu la tête au dire de chacun
qui la plaignit, regretta, et proposa à frais
commun de la faire traiter ; résolution qui
ne trouva pas un seul opposant.

Cependant notre amie s'avançait en courant

vers le logis du meilleur, du plus famé, du
plus riche, du plus fier notaire du canton.
Arrivée au milieu de cinq ou six clers go-
guenards qui ne la ménageaient pas sur leur
passage, qui lui riaient au nez, qui lui don-
naient maints sobriquets, qui se plaisaient à
houspiller le pauvre vieux l'Aveuglette, qui
la traitaient de vagabonde, ce qui ne choquait
guère vraiment notre digne femme, ces
propos venant s'assourdir à son oreille, elle
réclama la présence du chef: Hi! hi, coura-
rageuse amazone, que voulez-vous du patron? — Je ne veux rien j'apporte. — Votre
testament, héroïne incomparable! — Cela
ne vous regarde pas. — Quelle est la marchande de modes qui vous coiffe, madame
l'armée? — Vous allez être bien capots dans
un instant, mes amis. — Est-ce que par ha-
zard vous vous seriez décidée à choisir un
seul homme dans la foule; faut-il vous

dresser un contrat, veuve des preux d'Italie, d'Egypte et Syrie? — Rira bien, qui rira le dernier; riez en attendant. — Ah! ah! ah! ah!.....

Ils rient, se tordent, s'interpellent, ne travaillent plus, les mauvais plaisans. Le costume de Marie attire leur attention, et véritablement sa mise n'est rien moins qu'élégante. Sa capote grise serrée à la taille, ses bottines, son bonnet de police, et pourtant sous cet accoutrement de beaux yeux brillent encore plein d'énergie, d'ame, d'esprit et de finesse. Son teint blanc et rose, son profil charmant, ses dents si nettes, conservées intactes, son sourire gracieux, si humain, si droit sur ses lèvres jeunes encore... Rien n'est observé, n'est vu, ne calme l'irritation nerveuse de ces écervelés. Il veulent rire, eh bien, qu'ils se régalent jusqu'à ce que le patron, qui ne plaisante pas, se montre et rappèle l'ordre là d'où là présence de Marie l'a fait fuir depuis quelques momens.

Or, le patron paraît. — Qu'est-ce donc, Messieurs? On reprend sa place. — Qu'est-ce donc, Messieurs? Et puis abordant Marie d'un air sévère : — Que voulez-vous? Demande-t-il; il va rentrer sans attendre de réponse. — Un peu de patience, riposte cette dernière. — Expliquez-vous vite! — Si vous êtes trop pressé, je m'adresserai ailleurs, Monsieur. — Enfin! s'écrie le fier notaire impatienté. — Voici. Je veux une belle maison sur l'avenue de Vincennes; je la veux meublée aujourd'hui; je veux un cabriolet... un cheval, car j'accorde l'hôtel à mon vieil ami l'Aveuglette...

On interrompit Marie en cet endroit; les rires contenus reprirent subitement, la gravité du notaire fléchit, son visage se dilata, s'épanouit, un rire diabolique, un rire de tête d'abord, de poitrine, un rire inaccoutumé le saisit à la gorge; et vraiment la figure de Marie était étrange au centre de ce groupe amusé, riant si fort et si bien que deux des plus gais rieurs se roulaient déjà sur le très-dur carreau de l'étude, poussant des hurlemens affreux, et plus amusés mille fois d'entendre rire le maître, que de l'histoire plaisante et du vouloir de notre amie.

» Le patron riait comme un avare qui s'avise de donner. Il y avait dans les éclats de cet homme du loup qui a soif, du porc amoureux, du tigre en furie, et du chat qui court après sa belle; si bien que les clercs riaient bien positivement d'effroi, de surprise, d'admiration, mais le notaire faisait les frais de la gaudriole; ce brave notaire, dînant en ville souvent, qui laissait à chacun

des jeunes gens, pour son ordinaire, un œuf
dur, blanc et jaune. — Tout çà!

Enfin on se calma. Marie s'était assise;
elle attendait. Mettez-moi cette femme dehors, dit le notaire revenu à sa fermeté première. — Un instant, Monsieur, observa
celle-ci... avant de me faire chasser, daignez jeter un coup-d'œil dans l'intérieur de
ce portefeuille.

Puis elle offrait, le bras étendu, le portefeuille tout ouvert, au patron qui ne bougeait
plus. — Allons donc, ou je m'en vais tout
droit porter ma confiance à un autre.

Et dextrement, après une légère secousse,
Marie fait glisser un papier qui se détache
d'une liasse, qui se déroule et tombe en
voltigeant aux pieds des légistes ébaubis.
A sa couleur, à sa légèreté, à son air riche,
on s'écrie, on se précipite, on se vautre, on
ne se relève plus, car de la sorte, un à un,

et lestement, noblement, elle en laisse couler deux cents de même espèce, deux cents que le notaire sur ses genoux ramasse avec respect, en se signant presque, recommençant son abominable rire, tâchant de désarmer *sa cliente* désormais, se relevant, s'emparant de ses deux mains, avançant sa monstrueuse bouche comme pour dévorer, tandis qu'il n'offre qu'un baiser le brave homme...

A dame! Marie rit... son tour est venu, son tour à elle; elle rit de bonne grâce, avec douceur, elle s'amuse maintenant... Tous les clers sont restés prosternés devant elle, aucun d'eux ne sait quelle mine s'ajuster, quelle contenance prendre.

— Ecoutez!... Marie est écoutée. J'avais un père et une mère, je m'en doutais bien, je ne les ai jamais vus, ni connus... Ma mère était vieille, cela se comprend, mon père n'était pas jeune... vous me voyez.. Hé bien,

le père me suivait de l'œil, et je ne m'en doutais guère; il pensait mal de moi... Il avait
tort comme vous; il est mort subitement...
Un confrère de monsieur le patron, m'a
commandé d'aller à lui... J'ai reconnu en
l'abordant, un jeune homme autre fois élevé
comme moi au village, fils d'un médecin de
bêtes et gens, brave, loyal, franc et généreux;
il n'était pas de ce pays-ci comme vous voyez,
ce docteur, là... Enfin son fils a prospéré, il
était chargé de diriger la fortune de mon
père... Elle est à moi... à moi seule... *Je suis
bâtarde!* Trente mille livres de rente en
beaux biens... Et ces deux cents chiffons,
pour attendre patiemment la pousse de mes
carottes patrimoniales... Voilà, messieurs.

Voilà, messieurs! déjà on dorlottait lâche-
ment l'héritière. J'ai une maison, madame.
—Sur l'avenue, notaire?— Sur l'avenue.—
Entre cour et jardin? — Entre cour et jardin.

— Des meubles dès aujourd'hui? — Des meubles dans une heure. — Un cabriolet élégant et solide, notaire? — Un élégant et solide cabriolet, Madame. — Et puis une servante jeune et jolie? — Ah! diable! — Une servante? — Une servante?... pardieu! la mienne... je vous la sacrifie! — Oh! firent en ce moment les madrés clercs en se lançant une œillade. — Silence! cria le chef. — Et puis du bon vin dans mon cellier? reprit Marie. — Du bon vin. — De l'argenterie, du linge, une batterie de cuisine; voilà cinquante mille livres, allez rondement, honnêtement, loyalement, nous serons alors tous satisfaits!

C'est dit, bien entendu, parfaitement convenu. Notre héroïne a compté la somme destinée aux premiers frais d'établissement, que le notaire serre avec précaution. — Vous expédirai-je un reçu, madame? — Je vais de.

bonne foi... Je n'ai pas besoin de votre reconnaissance écrite. Adieu, à revoir, à tan-
tôt, que tout soit disposé, beau et bon c'est
entendu!

Et Marie rentre à la forteresse. Elle rit
encore. Déjà les clercs ont parlé; les bourgeois, les marchands lui tirent de grands
saluts, de profondes révérences. Argent,
pense la digne femme, je ne t'aime pas outre
mesure; tu es néanmoins bon à quelque
chose. Oh! nous allons en voir de belles
grâce à toi!

Or, sur le bruit qui est parvenu jusqu'à
la cantine, la femme Mariet rumine, consulte son gros joufflu de mari aux yeux
bleus. Dix-huit cents convives, mangeant
comme des ogres, buvant comme des ton-
neaux défoncés... Mais c'est à semer la fa-
mine en ce pays, mon mari? — Deux cents
mille francs, ma femme! diable tu lui don-

neras un bœuf rôti. — A quelle broche ? — Bouilli. — Dans quelle marmite ?

— Peste! eh bien, des veaux, des moutons, cent dindons, trois cents poulets, trois cents omelettes de douze œufs, et puis des pièces de vin de Macon, et puis tout le fromage du canton, toutes les noix, toute l'eau-de-vie, toute la liqueur!... Deux cents mille francs, miséricorde! appelle à ton secours le ban et l'arrière-ban, des commères du village; en avant! Excellente Marie, qui régale toute la garnison! Brave femme, j'y serai à sa fête! et ce que je mangerai, ce que je boirai te sera payé, ma femme... Oh! je veux pousser à la consommation! Deux cents mille francs! j'aimais déjà Marie de tout mon cœur, l'honnête créature; maintenant je la chéris encore davantage, vois-tu! ne barguine pas... fais monter une bouteille de Beaune; apporte une collation amicale...

Nous la recevrons à son retour, elle n'acceptera rien ailleurs... Deux cent mille francs! Oh! vraiment toute la garnison, si belle, si jeune, ainsi rangée avec ordre, buvant, chantant, mangeant... Ma parole d'honneur de soldat, ce sera beau à voir!

Marie fait donc une entrée de reine dans le fort. La musique, et les chefs ont donné carte blanche, la musique l'attend et la reçoit. Les tambours secondent et mêlent, en mesure, leurs sons ronflans aux brillants accords de l'harmonie. Les troupiers, que la bonne fortune de leur amie transporte d'aise, sont réunis, ils chantent ce qu'ils improvisent; c'est au château de Vincennes un bruit de joie, un tintamarre de gaîté, une rumeur bienveillante, à faire crever de dépit un souverain monarchique, pris au hasard, les yeux bandés, dans le nombre de ceux que nous avons connus depuis.

Mais Marie réclame un instant de silence. Au lieu de le lui accorder, on crie bravo! à se faire entendre à Paris. Silence, répètent en beuglant les plus vigoureux poumons de la compagnie. Puis d'autres : Parlez! laissez dire notre amie!

Enfin l'héroïne, juchée sur une table apportée là en forme de tribune aux harangues, commence son discours. D'abord : Vive l'empereur! Et je vous prie de croire que ce vivat se prolonge en échos, se répète au village, dans les champs, gagne les faubourgs de Paris, et vient fondre sur les Tuileries, où pourtant Napoléon n'était pas souvent, comme on sait. En 1807, il gagnait des batailles tous les jours, et la France n'en était ni plus affamée, ni plus petite fille, ni plus niaise... Les protocoles à coup de canons faisaient un bruit du diable, et l'épée du maître signait assez habituellement ses promesses diplomatiques... Chaque chose à son temps...

Cependant tandis que les cris de vive le grand homme roulent comme le tonnerre, Marie poursuit son récit chaleureux. Amis de toute ma vie, moi qui ait souffert avec vous, je veux vous faire à tous partager mon bonheur. Sur les champs de batailles, où l'honneur vous a couronnés, Marie a tâchée de seconder vos efforts. Vous savez si j'aime notre patrie? amie de Kléber, de ce héros qui avait mérité de mourir mieux, je vous porte comme lui dans mon cœur. J'ai eu faim avec vous, j'ai tâchée d'adoucir vos misères du corps, vos tourmens de l'ame; je fus votre sœur respectée, je suis votre mère! à moi donc soldats! Je suis riche, je peux vous aider, vous donner autre chose que des conseils... J'avais un enfant du héros... Je suis seule... seule avec vous tous! Au mi-

lieu de vous, je retrouve une immense famille! Vive l'empereur!

Dame! à cette éloquence si franche, si
vraie, si positive, le soldat se sent pleurer.
Il pleure d'admiration, il ne crie plus, il se
tait; il sent avec force, il donnerait sa vie
pour celle qui lui témoigne ce grand et beau
dévouement, mais sûre de lui, soldat de la
France, il n'abusera point. Il vit de peu
quand il le faut, notre brave; il se contentera
de ce que la patrie lui offre, mais rien de Marie; rien que son amitié qu'elle lui a prouvée
en se sacrifiant, en oubliant pour lui les dan-
gers les plus imminens.

Donc, tous les yeux se sont mouillés. Des
larmes coulent sur ces visages balafrés; le
silence se soutient, le commandant de la
place paraît : Bien! bien! soldats! bien Marie, s'écrie-t-il; honneur et générosité de

toute part... Bravo! merci mes amis! l'empereur apprendra tout ceci...

Alors c'est un délire à la forteresse. Le
vin tombe des nuages... des brocs circulent
et se vident; chaque soldat touche de ses lèvres les bords du verre, il signe le pacte;
mais aucun n'abuse, et sur le mot du général, l'ordre est rétabli en un clin-d'œil; tous
vont se retirer, mais Marie encore sur son
trépied lance à haute voix son invitation.
A demain! tous, je vous invite... On dressera
une tente devant le polygone... J'ai commandé, on obéira... Officiers que j'ai connus soldats, et vous soldats qui serez avant
peu officiers, à demain! à demain! — A demain! riposte un cœur de dix-huit cents
bouches de toutes les tailles...

Et les bourgeois et manans se frottent les
mains, espèrent un beau bénéfice, et commencent à bénir celle qu'ils se montraient

avec mépris; et madame Mariet est en con-
férence avec Marie qui sème les billets de
mille francs; et déjà on roule les tonnes
dans le parc, on égorge les bêtes à cornes et
à plumes, on allume les feux, on dresse la
salle de toile, on ajuste un parquet; tapis-
siers, décorateurs, cuisinières, sortent de
terre au coup de la baguette métallique....

Et tout le monde y gagnera. Perte, ni envie chez aucuns. Les marchands de Vincennes sont sur pied, l'héritière ne doit
plus conserver son costume étrange... On
lui fait ses offres; on vante ses denrées; on
sollicite humblement la préférence. O mon
argent! s'écrie la fine Marie...

Puis elle se contente de répondre une fois
pour toutes : Chez moi... ce soir... — Mais
où? chez vous, Madame, où? — J'ignore en-
encore précisément... — On cherchera, Madame, on est fait pour ça.—Vous chercherez

et vous trouverez. — *Amen*, répondit une petite rusée qui se souvenait de ces mots écrits quelque part.

Enfin le notaire lui-même se fait annoncer. Il offre galamment, avec un sourire effroyable de politesse, sa main à Marie. Il s'est chargé d'un carton énorme; l'acte de vente d'une jolie propriété est dressé, prêt à signer... Il a disposé jusqu'à la plume dans un élégant encrier. L'honnête femme signe sans lire : Combien ma maison ? — Vingt-cinq mille francs, et c'est une bonne affaire, Madame. — Allons voir ma propriété, notaire.

Le notaire s'incline; il présente son bras à sa cliente; ils partent. La cantinière a reçu ses derniers ordres, il lui faut du temps et une complète liberté. Elle est active; du reste; elle aime l'argent, elle en gagnera

beaucoup, tout est pour le mieux, et le festin sera soigné, elle le jure...

Mais Marie, soutenue par son notaire,
avance lentement; reçoit force courbettes
qu'elle rend en belles révérences. Tout en
cheminant elle consent à pénétrer dans la
boutique d'une mercière, marchande de
nouveautés, qui, afin de la séduire, a renouvelé
tout son étalage. Il faut à madame du linge
de corps, j'en ai de magnifiques, et si madame m'accorde sa confiance, je lui fourni-
rait un choix de rubans et de dentelles
d'aussi bon goût que chez pas un fabricant
de la rue Saint-Denis. — Des rubans! s'écria
notre modeste amie; en vérité, je n'en ai
jamais porté! — C'est possible! mais madame n'a peut-être jamais possédé cent mille
livres de rente? — Et ne les posséderai jamais; je suis peu disposée à faire des éco-
nomies, je vous jure. — Quoi! madame n'a

pas?... — Cent mille livres de rente? non
ma chère amie. — En ce cas madame trou-
vera encore chez moi ce qui va à sa fortune.

Et la mercière rabat cinquante pour cent
de sa politesse interressée. Elle se redresse,
elle porte plus hardiment son regard sur
Marie, et Marie achète cent aunes de rubans
pourtant, cent aunes de Malines; elle se fait
présenter quelques étoffes qu'elle paie sans
les voir; elle sourit avec bienveillance; elle
reprend le bras de son conducteur, et lorsqu'elle se remonte, la foule s'est assemblée
si nombreuse devant la porte de la boutique,
qu'afin de se frayer un passage, elle puise
dans sa poche et lance une énorme poignée
d'écus, sur lesquels les sots se vautrent; elle
profite du répit, part et arrive *chez elle;* telle
est l'expression employée par le notaire en
la conduisant à travers un parterre délicieux

jusqu'à une charmante maison qui le termine.

Ici l'extase de Marie est à son comble. Au rez-de-chaussée : cuisine, salle à manger, salon, chambre à coucher, cabinet de toilette et bibliothèque; le tout meublé avec luxe, bon goût, élégance, richesse, commodité et esprit. Le vestibule forme une antichambre déguisée en tente. Dans la salle à manger des tableaux de batailles : Austerlitz, Marengo, les Pyramides, et Napoléon partout, en marbre, en bronze et peinture. Que je vous embrasse, notaire ! Et le notaire embrasse Marie de toute son ame; il s'attendrit... Elle est si ronde, la bonne femme ! Et puis au salon des meubles divins, moelleux, soie et mousseline admirables; des glaces du haut en bas, un tapis de la Savonnerie; de l'albâtre, lampe d'un travail exquis; de l'albâtre, vases garnis de fleurs plus fraîches que nature ; de l'albâtre , pendule garnie de reliefs en vermeil. L'albâtre était rare à cette époque.

La chambre du lit est un bijoux incrusté d'acajou d'un travail inimitable. Des gravures ici ; des traits touchans d'humanité, de courage, de vertus de toutes les espèces. Marie admire. Le notaire n'est pas une bête, il a deviné l'ame de la nouvelle propriétaire. A la cave ! oh ! ma foi, il faut encore baiser l'enchanteur : quatorze pièces de vieux Mâcon ; *cinq cents bouteilles de Cognac* première espèce ; un énorme monceau de fioles déjà rangées symétriquement, contenant le plus fin Bordeaux. Là du Madère, ici du Clos-Vougeot, de la côte Saint-Jacques, du Malaga, du Porto, en moindre nombre, il est vrai, mais chaque case portant fièrement son enseigne, chaque flacon riant à ses visiteurs.... Et la servante alerte qui, le flam-

beau en main, conduit avec respect sa maîtresse d'aujourd'hui et son maître d'hier. Et
le bonheur qu'elle a vu, Marie, sur tous les
visages; et c'est de l'argent qui opère sitôt,
si miraculeusement de telles merveilles!..

— Notaire, s'écria tout-à-coup notre amie
en croisant ses bras, Dieu d'abord a fait de
l'or... puis il a fait le monde après. — Je le
pense comme vous, chère madame.

On est monté; on voit tout dans la maison,
jusqu'aux mansardes, aux écuries, aux remi-
ses. Dans l'écurie, l'Aveuglette a l'air tout-
à-fait à son aise; il se comprend chez lui le
vieux gaillard. Un camarade cheval lui tient
compagnie, mais le vétéran tient le haut du
pavé. Et encore là Marie se réjouit. Son
nouveau commensal est franc d'allure, gracieux, fin, jeune, vif et doux; sa vieille expérience à elle lui montre sur le champ tous
les mérites de la jolie bête. Lui frappant ami-

calement sur l'épaule : tant que *nous vivrons
en compagnie* tu seras heureux, mon garçon, lui dit-elle. Le notaire ajoute un mot
honnête. Il a déjà parlé honnêtement à l'A-
veuglette, Marie lui en a tenu compte, et cela
fait le sien ; il s'arrangera de telle sorte que
rien ne passera sans intérêt : actions et paroles doivent être soldées, c'est la maxime
favorite de tout bon notaire.

Après une pareille journée l'estomac, que
la joie nourrit, finit par crier et se faire entendre. A peine reposée un moment, Marie
est conduite à table par son sigisbé qui ne
la quitte non plus que son ombre. Plusieurs
des notables se font annoncer en cet instant.
Monsieur le maire, monsieur son adjoint ;
madame l'adjointe en toilette recherchée,
minaudant, souriant sottement, traînée par
son épais mari, paysan renforcé, riche des
ruines qu'il a faites pendant la révolution ;

marchand depuis, vendant pour construire
des masures solides, le plomb, le fer, les
moellons, les pierres de taille des châteaux
qu'il a démolis ; après cela brave homme,
si vous voulez, pas fier ; c'est de lui que l'on
tient la nouvelle propriété de l'héritière ; dès
l'abord il veut vanter sa marchandise, sa
femme veut vanter sa robe et la couturière
qui l'a confectionnée ; tandis que le maire
vante sa paternelle administration, vante
encore plus haut ses vaches et sa blanchis-
serie ; car monsieur le maire est en même
temps blanchisseur, marchand de bois, et
magistrat. De son côté le notaire qui ne
vend que son encre, vante sa probité, son
désintéressement, son savoir immense ; mais
Marie qui ne vante rien, et que ce sabbat de
louanges importune, avance des siéges à
tous ; les convie, les engage, les pousse.....
Au bout du compte, fatiguée, elle prend le

sage parti de se couvrir une grande assietté
de potage, mange et laisse dire, ce qui cesse
aussitôt... On prend place, on l'imite, on
mange; et par suite on se tait.

Or, le dîner est bon : on vante le dîner.
On veut à tous prix faire sa cour. Le dessert
est servi. L'adjoint qui déteste les sucreries,
l'avoue en s'en servant par poignées qu'il
empoche pour sa petite fille, qui tient de sa
maman. Et la maman se bourre de friandises à étouffer. Le maire qui a bien mangé,
se plaint de la fraîcheur de la pièce. Il touche au linge damassé qu'il observe bien
terne, bien bis, bien écru. Le notaire offre
une petite *villa* à sa cliente, tout à portée
de sa demeure; au prix modeste de douze
mille livres, ce qui est une trouvaille, et
l'adjoint se récrie : ce n'est point lui qui vend;
il propose des matériaux, du plomb, et du

fer, au meilleur marché possible : on bâtira, c'est un plaisir de richard...

— Messieurs, s'écrie Marie tout-à-coup, sans apprêt et sans cérémonie, je vous laisse ; restez, ne vous gênez pas... Je rentre au fort. Ma belle fête à mes amis, m'occupe beaucoup ; je veux voir par moi-même où en sont les choses...

Elle quitte sa place aussitôt. Le maire s'élance, l'adjoint aussi, le notaire comme eux. L'un s'empare de son bras droit, le gauche est passé sous un bras qui l'attire ; le notaire se jette en face ; ainsi balottée, la vigoureuse femme prépare une violente se-cousse. Le notaire est lancé en avant, l'ad-joint va s'étendre sur le parquet tout de son long, et le pauvre maire, qui est débile, pivotte un instant, s'accroche au bonnet monté de l'adjointe, tombe sans lâcher prise, et dans sa chûte, afin de se garantir,

portant une main, machinalement, sous son
centre de gravité, qu'il coiffe du délicieux
bonnet, ce qui pousse aux cris l'honnête
dame adjointe ; il culbute, met hors de
service la parure de la dame, qui soufflet-
terait de tout son cœur l'honnête magistrat,
que Marie relève en se pâmant d'aise.

— Bonsoir à vous tous, s'écrie cette dernière en gagnant prestement la porte qu'elle
ouvre, referme, et se sauve, en riant encore comme une bienheureuse.

Marie assiste aux apprêts de son festin;
maintenant, retroussée jusqu'au coude, elle
met la main à l'œuvre. Vingt commères la
secondent sous la présidence de la cantinière.
Les provisions sont immenses ; rien ne man-
quera. La renommée, vraie femme bavarde,
sonné la nouvelle. De chaque village voisin
tombe, à ce centre, des masses prodigieuses
de volailles, gibier, et poissons gros et pe-

tits. On reçoit et paie tout sans marchander.
Les pourvoyeurs s'éloignent en bénissant la
brave chalande. Tout est bien, au mieux, au
parfait. Il s'élève déjà dans l'air qui passe
sur la forteresse une odeur parfumée, suave
qui aiguise l'appétit en perspective. De la
gamelle? fi donc pour ce soir-là. A demain! se répètent les troupiers ivres de joie...
A demain, et la nuit des chambrées est rai-
sonneuse, conteuse, sans sommeil. On dort
avec le chagrin qui dévore et tue souvent;
presque toujours la joie et le bonheur causent une insomnie insurmontable.

Enfin le beau jour a paru. Beau jour
au ciel paré de son soleil étinciilant; sur la
terre de Vincennes le froid est vif, mais
sec et supportable. On a prévu et paré
à cet inconvénient. D'énormes feux, d'immenses brasiers sont apportés; déjà la
flamme brillante pétille, un tourbillon de

fumée s'évapore. Les militaires, en grande
tenue, conduits par leurs officiers s'a-
vancent en bon ordre. Le général qui les
commande tous est précédé d'une musique
parfaite. Marie, ivre de son beau destin, se
présente. Sa parure est pleine d'esprit; une
amazone de drap vert ornée sur la poitrine
de brandebourgs or et soie; sa tête est couverte d'un joli castor noir, des brodequins
chaussent ses pieds, ses jolis pieds, légers,
alertes, comme à quinze ans... Sa tournure
a retrouvé toute la grâce de sa jeunesse, et
sur ses traits se montre un transport si doux,
que ceux même qui la virent dans tout l'é-
clat de sa beauté, affirment que jamais ils ne
la connurent plus séduisante, plus jolie.

On se place autour des tables immenses;
pas le moindre embarras n'apporte d'entrave
à l'harmonie qui règne dans cette prodigieuse réunion. Chaque convive se tient mo-

destement à la place que lui a assignée son supérieur. On est assis, on est servi. On mange, on boit... L'orchestre militaire aura son tour, cela est convenu ; en attendant, il exécute des airs patriotiques qui animent, plaisent, et rappèlent de beaux souvenirs... Le premier toast est porté par l'héroïne de la fête : Au grand Napoléon ! s'écrie-t-elle avec entraînement... Vive l'empereur ! répondent tous les assistans en se levant avec enthousiasme. Vive l'honneur de la France ; notre père, notre ami ! reprend Marie.

Oh ! pour le coup délire complet, général, sans exemple. On s'embrasse, Marie saute au cou du brave commandant du fort, qui pleure d'attendrissement dans les cicatrices nombreuses dont son visage vénérable est sillonné. Les officiers embrassent les soldats, les tambours battent aux champs, la musique se monte jusqu'au triomphe. Vive la

France! crie un gamin de fifre qui s'est
perché sur une des traverses de la tente, en
montrant sa jolie tête d'enfant qu'il avance
d'un air lutin, puis de son instrument, pla-
nant sur l'assemblée entière, il joue son ac-
compagnement obligé, et son mot est redit :
Vive notre France...

On se calme, on se rassied, on jase de
choses et d'autres, on raconte son histoire.
L'histoire du soldat à cette époque était
presqu'une épopée. Celui qui dit est reli-
gieusement écouté. Vraiment, il n'a point à
mentir; il a vaincu l'Europe, et l'Europe
n'oserait pas lui donner un démenti; elle
l'aurait payé cher dans ce temps-là.

On se repose un peu à présent. On rumine
à son aise. Les filles nubiles, les filles qui
ne le sont point encore, et celles qui le sont
trop, pourvues amplement, entourent la salle
du banquet; parées de leurs plus beaux vê-

temens, elles attendent l'instant d'être reçues. Chaque soldat possède la sienne pour
le bon motif ou l'autre, qu'importe à la to-
lérante Marie. On vient l'avertir : Que tout
le monde soit admis, répond-elle d'abord;
puis portant militairement la main à son
chapeau : Avec la permission de notre général, ajoute-t-elle en se tournant de son
côté.

Le brave officier sourit et approuve. Les
demoiselles s'engouffrent sous les toiles de la
tente comme un tourbillon. Quoique la foule
soit immense, chacune a sympathiquement
trouvé son pair. Il ne manquait à la joie des
lurons que ce surcroît de félicité. Maintenant on s'accouple, on chuchotte, on raconte. Marie a donné une marque particulière d'estime à tous... Tous se sont crus
l'objet d'une aimable préférence. Or, tout-à-
l'heure entourée d'hommages masculins,

notre amie est assaillie par un essaim de jolies fillettes qui la remercient, qui lui offrent le doux nom de mère, qui se l'arrachent; qui voudraient, à force de carresses, lui montrer leur gratitude. *Elle a sauvé sa vie ; elle lui a donné son dernier morceau de pain ; elle écrivait pour lui à sa famille et à moi aussi...*

Enfin l'orchestre dansant est établi. Des lustres, suspendus au bois de la charpente, recouverte d'une étoffe tricolore, sont éclairés de mille bougies ; des fleurs artificielles sont semées en abondance et ramènent l'été au milieu de cette soirée d'hiver. Les sirops, le punch, les pâtisseries les plus délicates sont servis aux dames... Et puis de la décence ; et puis le vieux général qui a ouvert le bal en offrant sa noble main à l'excellente Marie ; et ce vieux brave, débris vénérable qui n'a rapporté dans sa patrie que la moitié

de son corps ; si poli , si affable , souriant à
la jeune danseuse qui figure devant lui... La
jeune danseuse, simple fille des champs,
maîtresse adorée d'un tambour décoré au
pont d'Arcole...

Ah! tout cela est beau. Voilà une fête pour
le cœur et l'ame ; une assemblée d'honnêtes
gens. Là point d'ambition inutile ; point
d'envie jaunissante ; point de regrets... La
fête offerte par Marie est nommée par tous :
La fête du soldat. Et le soldat victorieux est
toujours reconnaissant, humain, généreux.
Aussi le plaisir se communique-t-il comme
par enchantement. Le plaisir sur des sens
bien neufs se prolonge sans fatigue ; une
partie de la nuit s'écoule, et personne ne s'en
aperçoit. Ni les jeunes filles si fraîches près
de leurs amans heureux ; ni les mères qui
partagent la joie commune, dorlottées ,
choyées , vénérées, comme au centre de

leur famille ; ni Marie, digne présidente de toutes ces joies qu'elle offre avec tant de simplicité ; ni le vieux chef qui s'amuse là comme un enfant,

Enfin le lendemain du beau jour se lève, et le crépuscule perce l'obscurité transparente de cette belle nuit étoilée. Marie, qui n'oublie pas les absens, fait prier M. le maire, présent comme on le pense bien à la cérémonie, de venir recevoir un mot pour ses administrés dans le malheur. Le magistrat s'avance en chancelant: il a bu un peu beaucoup, le cher homme; il est accompagné de son digne adjoint, qui a mangé un peu trop l'honnête personnage; mais à eux deux ils en valent au moins un, et l'héritière leur tient à peu près ce langage : Il a fait chaud pour nous, Messieurs, d'autres ont souffert du froid. Nous avons bu et mangé, n'est-ce pas? d'autres ont souffert de la faim. Voici un billet de mille francs, faites en bon usage jusqu'au dernier écu, les pauvres du canton vous béniront ; ça me portera bonheur.

Le maire reçoit son billet ; l'adjoint se signe. Le bruit de cette nouvelle bonne œuvre circule, et la modeste charité de Marie obtient de nouveaux applaudissemens. Mais bientôt, avec sa dextérité habituelle, elle s'esquive, court les champs, seule et sans crainte ; cherche sa demeure qu'elle a de la peine à reconnaître ; trouve sa servante bassinant son lit, trop douillet, sur lequel la veille elle n'a pu clore la paupière, et fait poser sur des sangles, le plus mince matelas ; couchée à la dure selon son goût, bientôt elle s'endort, et rêve encore de l'homme assassiné, de l'assassin, et de sa fille jolie comme l'amour, enlevée à sa tendresse, et se livrant aux caresses d'un être dont les traits la poursuivent sans relâche ; la font

frissonner d'horreur... Le séducteur de son
enfant... C'est encore le meurtrier du vieillard.

8.

——

A mon ame il fallait ton ame !
M. BRUKER.

Dans un délicieux appartement, assise
sur quelques carreaux, vêtue d'une tunique
et d'un turban oriental, une jeune femme,
belle, pâle, languissante, aux grands yeux
bleus ombragés par de beaux cils noirs,
semble attendre et soupire douloureuse-

ment. A ses côtés tout annonce l'opulence et le bon goût. Quatre heures sonnent, quatre heures après minuit, à la pendule de forme antique qui couvre le marbre blanc de l'élégante cheminée. Le foyer éteint n'envoie plus de chaleur. Là, autour de la superbe, de la divine beauté qui s'afflige, se voit ce qui console tant d'autres femmes: des toilettes éparses d'une richesse infinie; un colier de diamans jeté sur une table avec négligence.... des plumes, un cachemire, rareté précieuse, alors inestimable... Et néanmoins elle soupire avec douleur, la belle créature; son œil bleu se voile, son œil si beau, ne se mouille point cependant. Un effroi, un pressentiment, l'attente, le désir, l'espérance, l'amour, mais l'amour violent, emporté, jaloux, passent lisibles sur ses mobiles traits. Elle se lève enfin; elle se rassie   Que veut-elle ? Que redoute-t-elle ?

Si jolie, qui ne l'aimerait; si belle assise,
si gracieuse; levée, si grande, si mince, si
flexible, si belle! Oh! rien de plus beau
sous les demeures des anges. Rien de com-
parable à sa belle tristesse, à sa belle mélancolie, à sa belle pâleur... Regretterait-
elle donc un inconstant?

Elle est à son miroir. Un imperceptible
sourire donne à son visage un caractère
tout nouveau; et puis elle se retire. Ses bougies finissent; elle n'est plus belle que pour
Dieu ou le démon, plongée dans la nuit
profonde.

Mais son ame veille; son ame vit ardemment.

Elle se plonge dans de tendres souvenirs,
elle s'entoure d'illusions; l'ame fatiguée d'une
cruelle souffrance appelle la paix, que la réflexion lui accorde rarement, quand la dou-

leur qui l'accable est nourrie d'un aliment actif, d'une pensée encore vivante.

Cependant les instans si longs de l'incertitude passent trop rapidement quand l'attente est passionnée, et que la minute qui s'en va emporte l'espérance. Le plus léger bruit, le mouvement le plus vague, agitent les fibres du malheureux qui attend un retour. Le retour, grand Dieu! quoi de plus terrible et plus doux! L'attente, délices, tour à tour rage, espoir et bonheur! L'attente satisfaite par le retour!... Ah! deux amans séparés qui se retrouvent; l'un des deux qui veille la nuit et qui attend! La nuit, celui qui attend est plus heureux que celui qui accourt. Venir, on arrive. Attendre! viendra-t-on, hélas? et si on vient!... Oh! voilà la belle joie de la jeunesse, des cœurs tendres, passionnés; si on vient...

La belle inconnue attend; son corps à

peine vêtu souffre du froid, comme le mal
frappe la statue insensible d'une belle fille
que le ciseau a paré des dons les plus précieux. Le mal glisse sur l'airain ; le marbre,
la pierre sont forts, l'ame manque à la matière... L'ame c'est tout notre corps ; notre
corps ne mourrait point, si notre ame était
insensible.

Mais le mal physique agissant sur les
formes si délicates qu'il torture, a pris un
empire affreux sur la pensée de notre jeune
femme. Elle s'effraie de son tourment,
plus encore qu'elle ne le trouve écrasant.
Oh! si la certitude du malheur lui arrive,
si elle est abandonnée ; si maintenant, seule
sur la terre, elle qui s'appuyait sur un être
adoré, pour la soutenir, elle contemple son
isolement... Oh! alors... elle se détruira...
Elle ne veut pas d'une telle existence soli-

taire... Lui et elle; sans lui !... Ah! cria-
t-elle !

Ce cri est un râle d'agonie; une agonie
pleine de folie et de raison. Elle s'est levée
pour crier; elle se laisse retomber sans force,
sans énergie. Sa tête est brûlante, ses artères
battent à se rompre; une fièvre, cette fièvre
qu'allume le soupçon, qui nous dessèche,
qui ruine notre intelligence, qui nous prive
de la faculté de penser, que le trépas guérit,
ou la certitude d'une erreur; tous les maux
s'assemblent de concert et fondent sur cette
créature tant privilégiée de la création. Elle
pousse d'affreux et secs sanglots : Ah! reviens! reviens! Oh! pitié reviens! Je t'obéirai,
je me tairai; reviens, mon Dieu! Mon Dieu!

La pendule sonne cinq heures du matin.
Ce bruit la tire de sa léthargique stupeur.
Si je pouvais guérir ? dit-elle en ce moment;
mais guérit-on d'une passion si vive, si tour-

mentée, si inquiète ? On peut user un amour heureux ; mais mon amour à moi, jamais !... Il ne m'aime pas... il ne m'a jamais aimée... et je l'idolâtre...

Puis, elle se tait, prête une oreille attentive ; rien. — Oh ! il ne reviendra pas.... Non ! non !

Alors elle maudit. Jeune fille, belle comme un ange, elle maudit. Des paroles furieuses souillent sa bouche adolescente. Elle se roule dans un accès de désespoir sans consolation. Pitié ! pitié pour moi, pitié pour mon cœur, pour mon âme ; ne me force pas à te haïr avant de mourir pour toi à dix-huit ans.

Nouveau silence. Silence prolongé. Elle est tombée évanouie, glacée ; une sueur abondante, pourtant, inonde sa poitrine nue, ses bras, son front admirable ; elle ne souffre plus dumoins. Par pitié, la pitié pour elle, qu'elle implore ; laissez lui le repos de la

tombe, si vous n'avez pas mission de rappeler la joie dans son pauvre cœur.

Mais un tressaillement profond, une éner-
gique pression, un sentiment de l'ame, qu'elle
possède si ardente, la font revivre. Oh! c'est
toi, dit-elle en pleurant alors; c'est toi! tu
m'es revenu, mon amant! je me croyais
perdue; je te croyais perdu! Tu m'es revenu!... Tais-toi... laisse-moi te raconter
tout mon tourment... Je te croyais perdu
sans retour, et je voulais mourir... Sans toi,
vivre?... Toi, où t'aurais-je retrouvé? Qui
es-tu, toi qui m'a rendue mère? Qui es-tu,
toi qui es ma vie? Qui es-tu? Mais je te tiens
pressé sur ma poitrine, mon cœur heureux
te remercie... Tu es là, à moi encore,
ton visage contre mon visage; pose ta bouche sur mes lèvres, je t'en prie; rafraîchis
mon sang par un baiser; un de tes baisers à
toi... Oh! comme je t'aime! comme je souf-

frais ! C'est pour toi que je suis belle. Oh !
que sont tous les autres. C'est toi ! L'univers,
c'est toi ; le ciel, c'est toi. Et tu m'abandon-
nerais ! Oh ! si tu m'abandonnais, je serais
si malheureuse, que je n'ose pas croire
même à la paix du tombeau... Oh ! laisse-moi
dire, j'ai tant souffert en silence. Touche
mes yeux, ils pleurent ; et j'ai crié, sans
larmes, mon désespoir en ton absence ! Des
larmes, je n'en avais plus pour moi, j'en ai
retrouvées dans tes bras. Dans tes bras ! sur
ton cœur ! Merçi, toi que j'aime, tu m'es
revenu ! Je suis bien heureuse !

Et plongée dans l'obscurité profonde, la
jeune femme savoure avec délices les longs
embrassemens qui lui sont rendus par la
bouche qu'appelle la sienne. Juliette, c'est
moi, dit un homme dont l'accent est ému.
C'est moi encore, sois plus calme, raison-

nable. Entends-bien ton avenir, ton bonheur... C'est moi!... Ecoute!...

— Rien, tais-toi! Ta raison me tue! ta
raison glacée m'épouvante! Tu ne m'aimes
point, et tu m'as appris à t'adorer, à aimer
ton corps et ton ame; et quand je t'aimai,
lorsque folle, éperdue, jalouse, je t'aimai,
tu me laissas voir ton indifférence impitoya-
ble! Mais mon cœur ne changera point; mon
corps et mon cœur, et ma pensée, ma vie,
sont en toi... J'ai plu à tes yeux; ne suis-je
donc plus belle? Et si je suis belle toujours,
toi qui n'attache de prix qu'à la beauté, aime
donc la mienne... — Juliette, il faut m'obéir
et tu me plairas! — Que dois-je faire? —
Tu seras riche, honorée; un époux... — Un
autre que toi! As-tu osé répéter cette odieuse
proposition? — Juliette, alors je reviendrai
peut-être à toi. — Un autre? Tue-moi plutôt. — Ta mère est ici. — Hé que m'importe,

je n'aime que toi. — Sa fortune doit être la tienne. — De la fortune? Je ne veux aimer que toi. — Mais songe à mon âge, je suis vieux. — Tu es le plus beau des hommes. — Je ne te quitterai pas. — Je veux mourir sur ton cœur.

Ici l'étranger se sépare avec effort de sa belle maîtresse; il cherche un cordon qu'il tire avec violence. Une domestique arrive bientôt. On lui demande de la lumière. Elle se hâte; de nouvelles bougies ont rendu la clarté à l'appartement. Elle se trouble, la pauvre servante; elle s'arrête comme malgré elle; son visage est altéré, son émotion est visible. Sortez Mina, s'écrie l'homme avec colère. La servante se sauve effrayée; et pour un moment le silence règne entre les deux amans demeurés seuls.

Etendue sur le tapis de sa chambre, Juliette, les mains pressées sur son visage, at-

tend avec anxiété l'arrêt que doit prononcer
le maître de son sort. Haletante, elle attend
ce mot qui détruit un avenir, qui écrase la
jeunesse, qui ternit la beauté. Elle attend;
elle ne respire plus qu'avec effort. L'homme
qui commande, marche en tous sens; il est
bourrelé; il évite d'approcher de ce corps
de jeune fille auquel il donnerait tant de joie
avec un mot... Enfin, il se décide...

Cet homme montre quarante ans. Les
passions ont marqué sur ses traits une em-
preinte indéfinissable. Quelques mèches ar-
gentées frappent d'un noir plus brillant encore le reste de son épaisse chevelure. Des
rides sillonnent son front hautain; sa tête,
son port, rappèlent l'antique beauté des
guerriers de la Grèce. Sa bouche, au sourire
dédaigneux, dit le mot cruel avec délices.
Cependant l'aspect de cette pauvre belle
créature couchée à ses pieds, si abandonnée,

si peu aimée, elle qui brûle d'un amour dont il est le maître, le touche, l'émeut. Il cherche a émettre une pensée plus douce, il se remémore un fait qui l'accable. Il frissonné... il s'assied... il parle avec lenteur.

— Jeune fille, je t'ai séduite; à ton âge j'adorais une jeune fille, je l'épousai. Oh! si tu savais ce qu'alors j'éprouvai d'amour; elle ne m'aimait point elle. J'obtins ce que l'hymen ne me pouvait refuser. J'obtins les faveurs d'une femme répugnée... J'avais tant d'amour que je me crus heureux. Bientôt je fus détrompé, j'avais apporté mon cœur, on ne me rendit que de la complaisance, du devoir, du dégoût...

» Alors je changeai. Je foulai, j'arrachai le sentiment de mon ame, j'oubliai l'amour pur... J'aimai le corps de celle qui m'appartenait... Son corps, chef-d'œuvre de perfection, était à moi, il m'appartenait!...

» Mais cet amour-là dura peu. Elle vit mon inconstance. Je la quittai, j'emmenai ma nouvelle maîtresse... Ma femme aimait un autre homme...

» Je n'éprouvai point le tourment de la jalousie. Elle disparut, je ne m'en plaignis pas... Je la revis plus tard... Elle craignait ma fureur inutilement. La fureur, fille de la honte, cesse d'exercer son empire sur l'homme qui n'aime plus. L'estime après l'amour est un mot sans signification. La honte d'un tort étranger, tient à l'affection accordée à l'être qui se dégrade. Je n'aimais plus, sa honte fut personnelle, mon honneur m'appartenait. Sa faute était purement sa faute. Mon oubli lui avait rendu toute sa liberté.

» Depuis cela, je cherchai et trouvai la jouissance physique, je n'en comprends point d'autres, tu le sais. Je t'ai corrompue;

tu étais belle, je t'ai accordé ce que je pouvais offrir. Ta jeune ame s'est donnée avec
exaltation. Mais tu as a vivre longuement
encore, tu réfléchiras; alors tu comprendras
tout mon raisonnement.

» Ecoute bien. Tu es ma fille chérie pour
le monde... Tu es ma fille, ne me questionne pas. Ton admirable beauté t'a gagné
le cœur d'un homme opulent. Accepte sa
main. Toi même offriras avec fierté ton
noble douaire. Tu ne verras pas celle qui t'a
donné la vie; son obscurité, sa conduite, sa
dégradation l'éloignent de toi pour toujours.
Après ton mariage tu suivras ton époux.
Obéis, je l'ordonne, ou je te quitte, Juliette;
je te laisse seule...

— Mais toutes tes nuits passées loin de
moi! s'écria Juliette, lançant un regard
étincelant à celui dont l'accent sévère lui
imposait une soumission sans bornes. Mais

tes nuits loin de moi? qu'en fais-tu... Une
autre femme qui ne t'aime pas sans doute?..

Eh! que m'importe! l'amour, c'est l'instant qui m'énivre; après, l'amour me gêne,
me fatigue! Tu obéiras?

— Jamais! s'écria la pauvre infortunée.

— Tu obéiras! Je le veux. L'intrigue a
jusqu'ici fourni à tous nos besoins; tremble
d'apprendre où j'ai puisé la fortune que ta
mère t'apportera. Jamais? Oses-tu dire à
moi, jamais! Oh! tu obéiras. Vois ces pa-
rures que ta rage a foulées, cette opulence
qui nous environne, rien à moi, à toi... Tout
à lord Derby. Il t'aime, comme tu sais aimer.
Il l'a répété : Toi pour lui ou la mort. Il est
beau, de noble origine, il t'idolâtre, il te
rendra heureuse; il te fera environner d'hommages partout où il t'offrira aux regards;
tes attraits divins enchaîneront les cœurs.
Libre de lui, en France par goût, ton époux

satisfera tous tes vœux. Je te verrai; je serai
près de toi, caché ou présent. Vois-tu, Juliette, un lien... la destinée attache ton sort
au mien.... Je n'ai point d'amour, mais c'est
mieux que de l'amitié. Tu m'as rappelé un
beau souvenir d'enfance, de mère; ma mère!
De campagne fleurie, d'innocence, de passion brûlante et pure... Tu l'as rappelé seulement, je n'ai rien éprouvé pour toi de
semblable; je t'ai trouvé belle, tu fus à moi!
voilà tout.

— Mais vous parlez de ma mère... Vous
la connaissez? Vous connaît-elle? — Je fus
soldat. Je l'ai vue... Ne lui parle pas de moi,
jamais, je le veux!

La faible fille garda le silence, puis : — Et
mon enfant? — Il a trouvé une famille. —
Et ma mère, qui l'instruira?—Moi.—Quand
la verras-tu? — Ce matin même. — Que lui
apprendras-tu donc? — Ton projet d'union.

— Que fera-t-elle alors ? — Elle t'abandonnera la moitié de sa fortune. — Qui vous a
instruit aumoins ? — Tais-toi !

Aprésent l'énergie de l'amour s'est anéanti;
oui , Juliette fascinée obéira. Le regard brûlant de l'homme quelle idolâtre commande.
Elle se soumettra. Le voir ou le perdre sans
retour? le choix n'est pas douteux. Elle se
soumettra à tromper le noble étranger qui la
chérit? il le faut ; cette trahison ne blesse
point son ame. Elle obéit à son maître; il
veut ; elle doit fléchir.

En cet instant elle se relève. Ses deux
beaux bras enlacent le corps de son amant.
Ses lèvres s'appuyent sur sa bouche; ses
yeux se voilent; elle l'entraîne : Ah! mon
ami! mon ami!.....

Le jour est venu ; ils reposent tous deux.
Juliette, adorable, tient pressé sur sa
poitrine le corps de son ami. Un doux

sourire erre jusque sur ses yeux endormis.
Sa bouche entr'ouverte cherche un baiser.
Ses beaux cheveux bruns, détachés en désordre, flottent sur son col admirable, sur ses
admirables épaules découvertes. L'expression de sa physionomie veille, céleste, heureuse, *espérante ;* le calme de son être est
d'une statue d'albâtre. L'imagination de la
nuit, du sommeil, maîtresse de créer des
chimères, enveloppe de félicités menteuses
cette jeune créature que le réveil rappellera
à sa triste raison. Elle veille pour la joie dans
son rêve de bonheur ; elle s'éveillera pour
sentir une infortune amère et véritable.

Le soleil a paru radieux ; il est midi.
Tout-à-coup des voix s'interpellent dans une
pièce voisine ; la servante pénètre dans la
chambre à coucher, tire les doubles rideaux
d'un lit élégant, lance un regard éperdu sur
Juliette et son amant, et s'écrie violemment

agitée : Entrez ! entrez , Monsieur... Venez!

Juliette n'a point entendu ce mot qui res-
semble à une vengeance ; mais l'homme
qu'elle tient pressé se dégage; prompt comme
la pensée il s'empare de la main de cette fille
domestique, dont aussi les mouvemens sont
convulsifs , la repousse , lui adresse un geste
furieux... Elle est vaincue ; elle se retire , referme sur elle , et dit à celui qui attend : —
Ma maîtresse achève sa toilette , Monsieur,
elle vous recevra bientôt. Attendez ici... Puis
elle va plus loin tordre ses bras de désespoir,
meurtrir son sein , invoquer la vengeance ,
appeler la haine...

Mais l'inconnu s'est assis plein de calme ;
sa sécurité est parfaite. L'expression anglaise
de sa blonde physionomie promet la douceur , la force, l'énergie et la bonté. D'un regard il parcourt tout ce qui l'entoure ; puis
il croise ses bras sans impatience , et ne

semble plus du tout occupé. Il est seule, le
temps s'écoule ; jamais le temps ne lui parut
lent et difficile à user. Il pense, sans doute ?
A quoi ? Il semble heureux ; son œil est sans
passion, son ame est pure, elle doit l'être...
Il n'a jamais rien souffert, on s'en aperçoit.
Une heure, deux heures...

Il attend ; il n'a pas quitté son siége. La
servante a passée devant lui, il s'est incliné
avec politesse, puis il attend.

Enfin on l'introduit. Il s'avance. Sa tournure est aisée, sans recherche, peut-être
aussi sans élégance.

Il salue Juliette. Juliette debout devant un
grand miroir, simple dans sa parure, gracieuse, pâle toujours, résignée, Juliette
tourne sur lui son œil plein de fierté. Ils se
taisent. Juliette parle la première : Je vous
accepte pour mon époux. — Je veux faire
votre bonheur ; où est votre père ? — Il va

ramener notre notaire, qui fut son ami d'enfance. — Je le sais, je connais M. Miller. —
Je ne l'ai jamais vu...

Ici lord Derby s'avança un fauteuil. —
Ecoutez-moi bien, vous allez me juger. En
Angleterre je fus malheureux ; je suis veuf,
votre père ne l'ignore pas. A vingt ans j'a-
vais épousé une jeune fille d'illustre race ;
sa richesse me fut donnée. Elle était orpheline ; élevée par des femmes, ses tantes, sans
expérience, dans la réserve la plus austère,
ignorant tout de la vie, et la joie et l'infortune, elle végétait avec des sens, de l'ame,
de l'esprit. Sa tournure était sans grâce, son
langage plein de lenteur et de mysticité ; on
l'avait plongée, l'infortunée, dans tous les
abîmes de la plus misérable pratique religieuse. Dieu au ciel, et rien sur la terre...

Loin des villes, son imagination engourdie
ne créait pas, pour son ame, ces illusions qui

naissent et grandissent par l'observation.
Dès le matin elle priait avec ses vieilles pa-
rentes; au milieu du jour elle remerciait la
Providence. De Quoi?... Le soir, agenouil-
lée longtemps, elle faisait une longue lec-
ture pieuse à laquelle elle n'attachait point
de sens ; mais elle s'humiliait, elle se repen-
tait, elle s'imposait une pénitence ! Folie !

» Et puis toujours lourdement vêtue, richement, car les vieilles demoiselles, si hum-
bles devant la Providence, étaient hautes,
fières, et sans pitié pour leurs semblables,
qu'elles méprisaient; la pauvre Betty traî-
nait sa parure, la changeait méthodique-
ment, se laissait voir à des instans précis,
parlait mal, se taisait sans intelligence, et
dormait sans jamais rêver...

» Elle était jolie. On la voulut établir. Je
n'aimais point. Je la trouvai jolie, je l'ac-

ceptai des mains des vieilles ladies , après
un sermon que j'écoutai...

» La voilà ma femme! J'avais été un jeune
homme retenu, sage, ignorant son cœur;
je l'aimai. Mon amour la surprit d'abord :
on lui avait tant répété que tout amour appartenait à l'Éternel! M'aima-t-elle? oui, je
crois, mais sans délicatesse, sans égards, avec
ses sens...

» Cependant son esprit naturel se montrait parfois. Elle était si jolie! je surveillais
ses moindres actions je lui apprenais le monde
qu'elle méprisait au commencement; elle
s'habitua, et le goût des plaisirs lui prit
comme une folie, un déréglement.

» L'expérience est chose difficile a acqué-
rir. Elle exagéra tout, elle se lança au milieu
d'un tourbillon; on l'avait trompée dans son
enfance : Point de plaisirs ici-bas, avait-on
crié à sa jeunesse; on l'avait donc trompée,

car elle en trouvait en toute chose. La musique lui était toute nouvelle; les théâtres où
elle admirait tout tandis qu'on admirait ses
attraits, car elle était jolie!... Et puis son
air de candeur, de surprise, d'innocence; sa
vertu devenue si aimable, si prévenante, si
gaie, si joyeuse, au centre des fêtes qu'elle
embellissait.

A la fin, elle qu'effrayait autrefois l'action la plus simple, se trouva portée tout naturellement au doute le plus étendu. Plus rien
de répréhensible, là où tout était à reprendre. La coquetterie de Betty donna de l'espoir à la foule de ces hommes qui n'attachent
de prix à une conquête de femme que par
vanité. Ces hommes inutiles lui dirent ce que
je ne lui avais point dit. Elle crut à leur langage appris, à leur ton exalté, à leurs ser-
mens de discrétion. Elle s'épouvanta de leurs
menaces. Elle me trahit par humanité:

si elle eût résisté, la mort qu'elle donnait lui chargeait l'ame d'un remords. Elle se donna.

» J'ignorai longtemps. J'appris le dernier. Je la tins en particulier; je lui expliquai ses devoirs, ses droits, les miens aussi; je fus clair, j'exposai nettement son action désho-norante; je ne mis point de courroux dans mon accent. Elle m'écoutait sans honte, et quand je me tus, elle avoua. Dès-lors je crus devoir pardonner; j'étais persuadé qu'elle avait compris, et qu'à l'avenir elle se dé-fierait. D'ailleurs, je la voulais surveiller.

» Mais il était trop tard. Le germe existait, la racine du mal ne s'extirpe point, quand le mal plaît et que le cœur est corrompu. La conduite de ma femme, sans qu'elle cessat de se livrer aux plaisirs de son âge, changea tout-à- coup; moi je fus en repos.

» J'étais donc heureux, Juliette. Je quittai
Londres une fois. Des affaires d'un intérêt
puissant m'appelaient. La seconde parente
de Betty venait de succomber à une maladie
aiguë. Tous ses serviteurs, malheureuses
gens, se réjouirent à ma vue. Ils étaient si
misérables, ils souffraient de la faim dans ce
riche manoir....

» Leur maîtresse mourut en protestant de
son amour pour celui qui allait devenir son
juge.

» Et ses valets la maudirent...

» Moi je pris possession de l'immense héritage. Ma femme venait de me rendre père.
J'avais un fils... Etait-il mon fils?

» Les affaires de la succession me retin-
rent longtemps. Enfin, je reparus. En des-
cendant de voiture devant la porte de mon
hôtel, je me fis une fête de la surprise que je
voulais causer. Ma femme ne m'attendait

point encore ; afin de me réjouir mieux , je
me glissai comme un inconnu. Je montai :
mon antichambre était vide de mes gens ;
je fus plus loin ! Des cris forcenés m'arrêtent. Je puis entendre ; j'écoute; c'est la
voix de lady Derby. Oh ! Juliette, quelle infamie ! Ma femme jalouse de son laquais !
Elle rampe à ses pieds, car nulles précau-
tions n'ont été prises ; elle redemande à cet
homme l'amour qu'il porte à l'une de ses
servantes ! Elle se relève, lui prend les mains,
supplie, implore !... Le valet la dédaigne,
il la brave... il méprise... Il lui reproche son
crime... il me nomme... il se repent de m'a-
voir trompé, lui ! Ah !..... car il ne l'aima
jamais, ajoute-t-il :

» Juliette, cette scène est affreuse, horrible, ignoble ! L'idée me remplit encore d'un
dégoût violent ; ma femme, échevelée, se précipite sur son indigne amant... Un fer brille

dans sa main..... L'homme tombe et expire.

» J'accours, je me montre... La mère de mon fils se frappe... Tout autour de moi est inondé du sang mêlé de la noble comtesse et du valet, mon rival...

» J'héritai de mon fils. Il s'éteignit bientôt. Pauvre enfant! Je vendis tout, je me chargeai de l'immense héritage...

» Je vins en France...

» Là je vous vis Juliette, une mélancolie de mort poursuivait mon corps et mon esprit. Je vous ai vue...

» Je vous aime, votre noble fierté me plaît. Votre père m'a dit votre courage... Je sais tout, et votre origine, et votre mère...

» Et vous savez tout à présent. Me voilà.»

Lord Derby cessa de parler. Ses traits constamment calmes, conservèrent la même expression d'impassibilité. Seulement, en terminant, plus de profondeur, moins de fer-

meté dans le débit, un mot plus élevé rappe-
laient ce que cette enveloppe si froide avait
dû renfermer d'horribles tourmens. Juliette
d'abord n'avait prêté qu'une attention vague à
ce récit. Mais lorsqu'elle entendit cet homme,
qu'elle avait mal jugé, rappeler son déshonneur en termes si simples ; quand, avec son
tact exquis, elle étudia ce qui se passait dans
ce cœur qu'on lui offrait... Oh ! malgré elle
une rougeur subite couvrit son beau visage.
Elle eût un remords. Elle comprit la folie d'un
amour sous lequel elle succombait. Elle s'a-
voua indigne de cet être si bon, si franc, si
malheureux, qui lui demandait le repos en
lui apportant sa haute dignité, sa fortune. Sa
franchise de femme adolescente lui inspira
alors une résolution hardie, soudaine; elle
va se montrer, faire un aveu ; mais *son père*
se présente tout-à-coup. Il n'est pas seul,
son ami, le notaire Miller le suit.

Ce dernier se montre en riant haut. Il est bien satisfait. Un mariage, une naissance, le trépas, tout rapporte à ces scribes qui font un bénéfice de ce qui nous afflige, ou scelle notre félicité. Son confrère de la banlieue, lui a fait une visite de convenance. Entr'eux ils tiennent toute la fortune de l'honnête Marie. Entr'eux ils partageront en bons collègues; Marie use l'or rondement, ici on s'épouse... Celui de Vincennes pleure en gagnant, celui de Paris rit avec espérance. Ce sont les deux Jean du proverbe; ce sont l'Héraclyte et le Démocrite des notaires. Que Dieu nous garde de ces notaires-là.

Le notre, de Paris, fils du brave homme qui a guéri Kléber et le chien de son voisin en même temps, d'après son principe de similitude, est venu chercher fortune, un beau jour, dans la capitale du grand empire. Il a terminé ses études; il a maigrement vécu, et

puis clerc, après avoir barbouillé chez l'huis-
sier, chez l'avoué, dans l'échoppe, il est gai
quand même ce jeune gars. Il trouve le
moyen de se faire élégant. Il a de la tournure, il voit le monde, il sert à un tailleur
de mannequin bien coquet; par suite, crédit
étendu. Il se montre au théâtre avec des
billets d'actrices qu'il soigne de l'œil, du
geste, de la voix, des larmes, et des mains...
Il parle, parle; et dit beaucoup de fort jolies
choses... Il ne dîne pas toujours, il soupe
légèrement, il est couché sur un triste gra-
bat... Mais il espère, et rit, et chante, et
danse; et si à la danse on soupe, il rit à se
tenir les flancs, et le rire est contagieux, et
beaucoup de gens s'ennuient, et ceux qui
s'ennuient recherchent la joie communica-
tive, et petit-à-petit notre pauvre diable dîne
sans cesse, à heure fixe; il déjeûne quelques
fois... Il soupe souvent.

Son esprit est son talisman; sa gaîté, sa fortune. Sa gaîté! mais il prévoit avec sagesse; il vise au but essentiel. Il lui faut un rang. Il le cherche toujours en riant, et à ceux-là le sort est bon, le destin prospère.

Un soir il rentrait, il était minuit et plus; il avait joliment applaudi les débuts de mademoiselle Thérèse Bourgoin, facile à applaudir, jolie plus qu'actrice, mais enfin jolie, aimable, et bonne fille au demeurant. Donc ses bras étaient fatigués de claquer, ses mains engourdies, et ses pauvres jambes perclues de lassitude.

Ce soir-là point de bal, point de souper, pas un sou vaillant...

Mais l'air noble et digne, la mise recherchée, la canne à la main, et pas le sou!... Paris menteur! imposteur!

Il y a loin du Théâtre-Français à la place du Panthéon, quartier privilégié de l'étude

indigente. En traversant une rue qui coupe
celle de la Harpe, et qui débouche sur le
quartier Maubert, il entend un concert de
sanglots corsés qui l'effraient d'abord. Il se
raffermit, une femme appelle à l'aide. Il court;
il s'introduit dans une boutique que l'on
ouvre : Monsieur! Monsieur! mon homme
est mort, crie une virago de près de six pieds
de longueur, sur cinq de rotondité. — Hé
bien? — Mort subitement. — Hé bien? —
Nous sommes riches! — Hé bien? — Je n'étais
point mariée avec le défunt, de son vivant? —
Hé bien? — Ma fille unique est bâtarde! —
Diable! Vous avez une fille unique? — Oui.
— Vous êtes riche? — Oui. — Je suis garçon
et honnête. — Tant mieux. — Je sais l'état
de notaire, Madame, et la chicane m'est fa-
milière. — Ah! mon sauveur! — Expliquez-
moi votre situation...

— D'abord, hurla en s'essuyant les yeux

la digne veuve de l'homme qui ne fut point
son époux ; d'abord je suis tripière !....

Le philosophe à ce mot recula. Tripière !
Certes elle ne ressemblait point à une princesse, la veuve ; mais tripière... Il s'éloigna,
notre jeune homme : Tripière, reprit-elle ;
mais mon défunt ne se serait pas laisser
couper le cou, elle dit couper autre chose,
je crois, pour cent mille, ni deux cent mille
livres voyez-vous, et cela argent comptant...

Ici le clerc offrit sa main dans laquelle on
posa une main raide d'anneaux d'or. Comment faire ? s'écria-t-il. — Tâchez, implora
la veuve. — J'épouse votre fille. — Ça va ! si
vous me conservez mon bien. — Le nom de
celui chez lequel vos fonds sont déposés ?...

Et le nom connu, tout fut conduit à souhait. On ne montra que ce qui devait se voir,
on anéantit le surplus. Timoré jusqu'à un

certain point, notre jeune homme savait bien
que son action ne lésait personne ; nuls parens connus, et sa fille, toute illégitime
qu'elle fut, n'en était pas moins, au dire de la
mère, l'enfant du mort.

On enterra le mort, et madame Perdrix
donna sa fille avec une dot énorme. On acheta
une étude médiocre. Le gendre se conduisit
bien avec sa dondon d'épouse... Il faisait rire
aux larmes la mère et la fille. Bientôt cette
dernière obtint qu'on agrandirait sa maison.
Madame Perdrix, qui riait d'une histoire sau-
grenue racontée par Miller, se déboutonna...
elle se redéboutonna encore après, car elle
riait à la journée faite... Enfin, s'étant débou-
tonnée du haut en bas un soir qu'elle soupait
copieusement, j'ignore si le gendre choisit
l'instant avec préméditation, toujours est-il
qu'il raconta si drôlement que la bonne
femme avala sans mâcher.

Le lendemain sa fille pleurait, son gendre souriait; le surlendemain on portait en terre la ci-devant tripière, belle-mère du notaire.

Et huit jours ensuite on se reposa de rire. Mais le rire était nécessaire au gendre, il l'était aussi devenu à madame Miller.

Et on recommença en petit comité; et notre notaire se fit une clientelle.

Or vous connaissez l'homme; il n'oubliait ni sa famille, ni ses amis. Sa fortune était faite, il voulait bien amasser encore, mais dans l'occasion il se montrait serviable; il servit le prétendu père de Juliette; il servit Marie... Il aurait rendu service au diable, si le diable avait consenti à rire de l'un de ses bons contes.

Et puis qu'il avait cette heureuse manie, il s'offrit devant lord Derby, son piquant sourire à la bouche. Monsieur, lui dit-il, je sais un noble anglais, un gentilhomme plein de mé-

rite qui , fatigué de la blafarde beauté de ses
compatriotes , a passé le détroit afin de se
choisir, sous notre beau ciel, une femme
bonne, charmante, spirituelle, (fière, et honorée... Voici celle que le sort a trié parmi
les plus remarquables dans un pays où les
charmes du corps et de l'esprit sont si aisés
à rencontrer... Voilà de plus un contrat
qui assure la fortune de la future comtesse.
Sa mère! ici un sourire dilaté; sa mère s'est
rendue à mon invitation. Je l'ai reçue chez
moi avec bienveillance , estime , cordialité ;
cependant je l'ai décidée à s'en retourner au
milieu de sa cour militaire, de ses aubades,
de ses discours guerriers, de ses festins payés
un peu bien cher ; elle a consenti. Vous savez toute l'existence de cette femme singulière que le monde a blâmée , que nos cœurs
doivent absoudre. Elle s'est éloignée. J'apporte son consentement à votre union ; elle a
sans peine partagé sa fortune avec sa fille.
Juliette Blunt offre à son époux une belle
dot. Monsieur Blunt ici présent..

— Assez, dit l'anglais...

— Monsieur, reprit le notaire, l'abbé d'Etigny, aïeul naturel de la future comtesse, fut un homme rempli d'honneur et de probité. Un seul moment d'erreur causa le tourment de toute sa vie. Il aimait, il ne s'engagea dans les ordres que pour éviter de fausser un serment... Il a, en expirant subitement, laissé tous ses biens à sa fille, mère de madame la comtesse Derby. Mon respectable père, lié en secret avec l'abbé, plaça sa jeune enfant dans la maison d'une vertueuse mère de famille. On ignorait dans notre village que l'auteur de mes jours eut la garde occulte de la petite Marie... et...

— Assez, Monsieur, reprit l'insulaire.

Le notaire s'inclina, sourit, releva son front, offrit à signer, présenta la plume.

Toutes les signatures se joignirent à celle déjà apposée par Marie.

— Verrai-je ma mère? demanda froidement Juliette en remettant son gant. — J'ai pensé que cela devenait inutile, embarras

sant, répondit Miller ; des larmes... — Oui,
observa l'anglais en grattant sur le parche-
min une tache fraîche encore... oui, Juliette,
voici une trace qui prouve qu'elle en a
versées. — Milord, dit celui que nous con-
naissons à présent sous le nom de Blunt,
vous nous consacrerez cette journéé ? — Je
ne puis...Adieu...Juliette. Aimez-moi comme
je vous aime.

— Ah ! ah ! ah ! riait le notaire après le départ du comte, et il courut parachever un
testament. En entrant dans le salon du moribond qui l'attendait impatiemment, vieux
richard entre son confesseur et sa gouvernante, le péché et la pénitence, il trouva un
jeune homme, cousin, héritier unique, qui
cachait sa tête *désolée* dans un ample fichu
de superbe baptiste. Miller, en pirouettant,
observa la solitude du lieu, puis bien assuré, il releva le menton du désespéré cousin, et puis après avoir un instant regardé
les yeux qui se portaient dolens sur les
siens... Ah ! ah ! ah ! ah ! ah ! fit-il... — Ah !

ah! ah! ah! lui répondit l'héritier sur le même ton.

Et plus loin le notaire fit le testament.

Restés seuls, Juliette dit à son amant : Mon *père*, es-tu satisfait! Ah! cet homme causera notre ruine! Tu me places dans ses bras, toi! Sois obéi, arbitre de mon existence; mais tu ne me quitteras jamais. Oh! que je te voie sans cesse... mon père... je ne tiens point à expliquer le mystère qui m'entoure. Mon père, je t'adore, je ne veux aimer que toi. Une espérance me luit. Je serai encore à toi... toute à toi! L'amour... J'aurai un maître... Tu seras mon ami, mon soutien... Ah! dis... es-tu satisfait?

La jeune femme parlait ses lèvres posées sur les lèvres de Blunt; ses bras le serraient sur le plus beau sein, avec délices:.. Oh! non, non, je ne puis consentir à te perdre... O mon ami!... O mon père!...

Mon père! Elle lui donnait en cet instant le nom de père, juste ciel!

9.

J'aime un enfant qui dort, un ciel pur, une
femme qui meurt d'amour.

LOTTIN DE LAVAL.

Marie berçait le marmot : Tiens Toinette,
c'est un don de la bonne Providence. Je fais
déshenneur à ma fille unique ; le maître de
tout la remplace en m'envoyant ce bijou.
Je le remercie, et ma foi j'aurai soin de lui…
A la grâce !

Et la servante, bonne fille passablement laide et fraîche, s'agenouillait aux pieds de sa maîtresse, passait curieusement ses doigts noircis par le hâle sur le velouté des joues du chérubin, lui chatouillait les lèvres, tendait sa tête de paysanne renforcée, regardait en détail l'enfant... s'exclamait sur ses beautés... faisait remarquer à Marie la fermeté de ses membres vifs et découplés, le baisait ensuite, et criait en frappant ses mains l'une contre l'autre : J'l'aim'rons, j'l'chérirons.... j's'rai sa bonne, pas vrai, not' bourgeoise ?

— J'srai sa gouvernante, ajouta-t-elle après une pause admirative... Qu'eu pair d'yeux, qu'ça vous regarde comme un homme, ma fine ! Ça a ben deux ans et ça parle, allez. J'l'appellerons... comment, Madame ? — Voyons, un beau nom, Toinette. — Un beau nom ? Jacques... c'est gentil?.. — Non... Paul... — Va pour Paul... Et puis des beaux habits à c't'amour, et à moi le tablier blanc, fin... Oh ! qu'eu promenades dans le parc de Vincennes.... j'vas-ty m'amuser donc ! —

Tiens, vois comme il nous sourit déjà avec esprit. Toinette. — Je crais ben, l'chéri, l'amour, l'bijou, l'bichon, le céleste! car c'est mon enfant aussi un brin... C'est moi qui l'ai ramassé dans not' jardin... Ah! j'n'y pensais guère à coup sûr! y n' pleurait pas au moins, le cher chou! j'm' buttai sur son paquet, y fesait nuit... Oh! si on n' l'avait pas déniché! Une nuit si froide à la belle étoile! Y faut être juste en tout d'abord! il était joliment bien entortillé! et y souriait! Ses boucles de cheveux plus noirs qu'l' corbeau couvraient sa mine... Pour me fisquer, sans avoir peur du tout, il se sccoua... en tournant la tête, si caucassement... j'vis ses yeux d'ange... et son petit nez! et sa fossette du menton... Ah! ah! ah!

Et en finissant cette sorte d'inventaire physique du bambin, Toinette baisait... elle détaille encore, elle baisait tout ce qu'elle détaillait, la bonne fille.

Nous avons enfin mis le doigt sur notre héros. Il arrive un peu tard sans doute, lec-

teur; le voilà, ma foi, poursuivons-le. S'il
court, courrons comme lui; s'il s'arrête, fai-
sans halte; n'oublions rien en le poursuivant,
jetons de côté un regard, de l'autre côté aussi;
voyons bien les choses. Sa carrière commence à lui; lancé sur la terre, il doit, isolé,
se gouverner d'étrange sorte. Allons donc,
il marche à peine, il ira mieux; toujours son
droit chemin?... Ah! par exemple, voilà ce
qu'il me serait impossible de promettre, ou
d'affirmer par avance.

Donc le sort lui prospère dès son début.
Son âge? on l'ignore; il trotte seul, se fait
comprendre; son geste est vif, fin, emporté...
ou plein de douce innocence... Son visage
est une idée de grand peintre... Un trait de
génie, une création chef-d'œuvre! Marie et
sa bonne sont folles, éperdues, amoureuses
de l'enfant. Marie, dont le cœur est fait aux
privations, a remplacé d'habitude une affection trahie par une affection nouvelle. Elle a
compris toute l'ingratitude de sa fille; elle
ressent un mouvement de colère... Mais son

impressionnable cœur est rempli. Elle n'oublie point, mais se refroidit, se calme; elle a un être à elle; elle a un enfant adorable à protéger, à soigner, à faire vivre... Elle se soumet; c'est sa coutume...

L'enfant, en peu de jours, devient l'ordre vivant du logis. Ce qu'il exige, on l'exécute; ses fantaisies sont la loi commune. Quand il pleure, volontaire à l'excès, on s'afflige... Ses petites joies en causent de bien grandes à ses deux esclaves... Il mange, boit, comme un homme, se tient à cheval, surveillé de près par cent cavaliers de la garnison du fort, qui le suivent, le dorlottent, le cajolent, lui font des niches, et l'aiment tous... l'adoptif de leur amie la meilleure!

Marie a partagé son bien; vingt mille livres de rente sont un fort joli denier assurément. Mais Marie ignore complètement l'art de Barême. Sa bienveillance universelle l'emporte, tout ce qui se plaint, est consolé; tout ce qui souffre, reçoit ses secours; tout ce qui a faim, est nourri; tout ce qui à soif, est désaltéré....

Vingt mille livres de revenu! Oui, sans doute! mais il faut un ordre d'affaires, que notre Marie ignore. Point de comptes, l'argent à la main toujours. Sa chère est bonne, grasse, succulente. Ce qui mange à sa table, engraisse; ce qui boit s'enlumine; hé qu'importe : Mangez soldats qui avez connu la misère! Buvez amis, que les déserts de l'Égypte, où mon héros à fini sa trop courte et grande vie, ont vu haletans et désespérés... A la grâce! ma fortune doit être une bonne action, je n'en sais point de plus honorable que celle d'aimer ceux qui nous aiment, de les fêter, de les rejouir, notre vie est à la France... Demain morts pour elle, réjouissons-nous aujourd'hui; ma fille unique n'a plus droit de m'accuser... Etrangère à celle qui lui a donnée la vie, elle me laisse maîtresse de moi, maîtresse d'elle-même... Viens Paul... Pauvre enfant...

Le petit garçon est là, sur les genoux *de*

son adoptive, comme on l'a nommée... Et
avec bienséance on trinque, on rit, on chante... Vie toute en dehors, positive, bonne,
vraie, philosophique, car aux côtés de Marie on est bon comme elle, généreux, humain... On est gai, mais sans haine, sans jalousie, envie...

Un jour Marie reçoit une visite à laquelle
elle ne s'attendait point. Le notaire Miller,
sa grosse femme s'invitent sans façon à sa
soupe. Marie les accueille, les promène; le
notaire s'est fait amener dans sa demi-for-
tune. Notre amie donne l'ordre *à son chas-
seur,* car chaque soldat à sollicité et obtenu
la faveur de la servir à son tour, de mettre
le cheval au cabriolet. On part, le petit Paul
assis entre les deux époux, Marie sur le devant qu'elle préfère, et la calèche part. Le
notaire de Vincennes occupe avec le maire
et l'adjoint, gros pères tous deux, le cabriolet
où pressés, et malgré le froid vif, ils suent
et se dépitent. Mais Marie est généreuse; on
la flatte, on ne se plaint qu'entre soi de la posi-

tion; au retour on se compose : Argent! oh!
mon argent, pense Marie en les observant
rompus, tout en nage.

En dînant, Miller raconte et rit : Votre
fille, dit-il, voyage, Madame; son époux est
heureux. Vous voilà devenue belle-mère d'un
comte. — Je ne m'en soucie guère, répondit
Marie. — Vous avez tort, lady Derby m'a
chargé de ses respectueux hommages. — Parlons d'autre chose, monsieur Miller. — Ils
vont en Russie... Le lord aime les longues
courses...

Marie se tut. Le notaire ayant rempli sa
mission revint à son bon naturel. Il raconte
une histoire de femme qui, croyant son mari
mort à l'armée, d'après les noms et prénoms
enregistrés au bulletin officiel, attendit dé-
cemment, pourvue de l'acte de décès sorti du
ministère de la guerre. Un an après elle con-
vola à de nouvelles noces; la voilà mariée.
Je dressai le contrat; je fus de la fête, dit-il,
on danse... On annonce un inconnu accompagné d'une inconnue, le mari cru mort s'of-

fre a la vue de tous, il conduit une femme
jeune et plus jolie que la sienne... c'est sa
maîtresse... Fait prisonnier, blessé, mourant,
on l'a dit mort sur une ressemblance. En ar-
rivant chez lui : Qu'est-ce? a-t-il demandé
à un concierge qu'il n'a jamais vu.—Le mariage de monsieur de .... il nomme l'époux.
— Le défunt se persuade que sa maison est
louée, il tient à connaître son locataire... Il
entre enfin ;... ciel, ma femme! car il l'a re-
connait bien joyeuse. — Ciel mon mari! —
Ah! malheureuse, cria l'étrangère en s'éva-
nouissant.

On s'explique. Le mari a lu sur un journal
le nom de sa femme assassinée et volée par
des bandits ; il n'en a pas demandé davantage
il a promis sa main à sa maîtresse de l'exil.
Car assassinée... c'est être mort selon moi,
dit-il assez judicieusement.

— Non, lui observai-je, madame votre
épouse ne fut que blessée... sur le grand
chemin.... — Ah! diable.....

Vous jugez si je m'amusai. Tout s'arrangea pourtant; le mari bien dûment mort, changea son nom. Sa première femme convertit une partie de sa fortune en argent sonnant. On acheta à l'étrangère un bien qui assurait son sort. L'empereur, que j'eus l'honneur de solliciter, rit avec moi... Il permit; et depuis, les deux ménages n'en formèrent qu'un parfait; accord, confiance et bonheur. Madame avec le sien... L'époux défunt vient d'obtenir une jolie fille, de sa très jolie maîtresse prussienne.

Et tout naturellement cette histoire conduit l'attention sur celle de Paul, qui les deux mains dans un bol rempli d'une crême au chocolat patauge à son aise, rit de ce rire d'enfant, qui est vraiment la seule joie sans mélange que nous éprouvons sur la terre. Il reconnaît fort bien, le gaillard, que l'on s'occupe de lui. Il use de son ample liberté, il en abuse... Marie le veut bien; et la finesse d'un enfant spirituel est prodigieuse.

De temps à autre, tournant sa mine délicieuse, il donne à toute sa tête une expression

si fine , si rusée , si délicate que chacun involontairement admire et se récrie. Les boucles
brunes qui couvrent son front blanc et poli
comme le marbre le plus éclatant , sont jetées
de côté et d'autre par le mouvement vif dont
il anime sa pose enfantine. Alors, plus calme
un moment , il semble prêter son attention
soutenue à un entretien dont il est l'objet.
Souvent il sourit, il médite une malice. Cette
charmante espièglerie n'est jamais une injure,
une niche méchante ; c'est une espièglerie ,
pas autre chose , bien adroite , bien rusée ,
bien gracieuse... Et puis celui qu'il en a
rendu la victime le voit accourir, se jucher
sur ses genoux , lui offrir de côté son minois
d'ange , sourire encore , renvoyer de ses
lèvres vermeilles un baiser lancé comme
une rose, en retour de la douce caresse qu'il
a reçue.

Et son joli corps de petit garçon enfermé ,
serré dans son uniforme de hussard, si leste,
si élastique, si menu, si flexible ; sa course
si rapide, si folle, son retour couvert d'une

sueur fraîche et coulant en perles sur le duvet
de son visage, si gai, si malin, si joli, si beau!

— Vraiment, dit Miller le notaire, madame Marie, cette créature est un présent
du ciel. — Dont je le remercie, répond
l'honnête femme, en baisant l'enfant sur les
yeux, la bouche, et les cheveux. — Et moi
idem, s'écrie la servante Toinette, servant
son dessert, et posant sans façon sur le carreau de la salle à manger une compottière,
afin de serrer les cordons de brodequins du
marmot. Puis elle continue son service, les
yeux sur son cher petit, petit qui la domine,
qui la conduit, qui la commande, auquel
elle obéit avec amour : il est si beau! si bon!
cher petit va!

— Oh! que je voudrais bien en avoir un
pareil, demanda tout-à-coup madame Miller
à son époux. — Nous arrangerons cela entre
nous, ma bonne amie, répondit le notaire en
riant....

Les mois allèrent dès-lors. Les années, le
temps... Marie avait donné un précepteur à

Paul : un vieil abbé, ci-devant homme du monde, amant et confesseur avant la révolution, réduit maintenant à la portion congrue, émigré rentré sachant peu d'essentiel, beaucoup de superflu : les usages, la grande vie, le ton ; il tenait la maison de Marie, fort satisfaite d'être débarrassée de cet écrasant fardeau. Il avait tout coloré de son vernis; aussi, grâce à lui, recevait-on souvent passable compagnie. Toujours le militaire surgissait; mais par-ci par-là, d'honnêtes gens, traînant un grand nom ruiné, s'humanisaient sur la prière du prêtre. Marie, indifférente, recevait sans façon, et Paul profitait du contact, de manière à se former vite et bientôt, malgré son jeune âge, à se faire remarquer, car le langage qu'il écoutait, un peu guindé du reste, le séduisait.

L'abbé, qui de sa vie n'avait retenu un seul mot de latin, savait assez de musique, de peinture, d'histoire, l'histoire amusante, pour se charger de conduire son élève. Point pédant, d'une égalité d'humeur rare, poli sans bassesse, respectueux auprès de sa patronne, à laquelle il commandait avec adresse sans quelle le devinat , il voulait l'honorer, reconnaître la confiance dont il jouissait, en inculquant à Paul toute sa philosophie à laquelle il avait dû tant de plaisir dans son bel âge. Trop insouciant pour donner des avis, il prévoyait néanmoins l'instant où la fortune, prodigieusement diminuée déjà , laisserait Marie dépourvue, et son protégé sans ressources ; il conseillait à l'enfant de huit ans, dont l'intelligence était supérieure, de vivre sans s'accoutumer trop au bien être excessif. Souvent il lui parlait un langage *peuple* qu'il avait appris, et qui lui avait été d'un grand secours dans sa misère : il est bon d'attacher deux cordes à l'arc , répétait-il ; mon enfant, si tu es pauvre un jour, cache pour ce temps d'épreuve tout savoir qui te ferait haïr de ceux qui seront alors tes égaux. Ne l'oublie pas cependant ; ce que je t'enseigne te sera profitable tôt ou tard ; mais sache discerner les circonstances, que l'occasion te décide. Tu es né heureux, tu seras aimé, mais attends et sache souffrir, car notre excellente amie touche à sa ruine complète.

Le petit bonhomme s'accoutumait donc à penser qu'il serait pauvre un jour. En attendant, il jouait avec goût de jolies sonates sur un piano excellent. Un très beau violon, entre ses mains, rendait quelques accords pleins de suavité d'ame, de douceur; il chantait avec passion, de sa voix d'enfant, les romances les plus nouvelles. Elancé, je l'ai dit, bien fait, il dansait avec légèreté, décence, sans effort; montait un cheval avec hardiesse; à dix ans, c'était un enfant sans doute, mais un admirable enfant, étourdi, bon, sans souci, gracieux, bien élevé, et d'après les leçons du prévoyant abbé, se métamorphosant à son gré, naturellement, en garçon simple de langage et de manière lorsque cela lui convenait, au milieu d'une troupe de jeunes gaillards par lesquels sa gaieté était accueillie avec de joyeux transports.

Marie était riche, fort riche même, depuis
sept à huit ans; heureuse! je le laisse à penser... Heureuse comme on ne le fut peut-être
jamais. Pas un visage ne se montre à elle
sans témoigner une reconnaissance profonde
et vraie, ou plaisir; bourgeois et militaire
savaient l'apprécier; tous avaient reçus des
preuves positives de son immense loyauté.
Mais pour aller de ce train, il aurait fallu un
trésor inépuisable; le trésor de Marie se dé-
semplissait; d'abord elle signa sans lire des
papiers offerts par Miller, auquel elle avait
accordé, pour la gestion de son bien, la préférence sur son collègue de Vincennes dont
le visage grimaçant lui déplaisait. Il fallait
souvent de l'argent au logis de notre amie;
après le préambule obligé, Miller accour-
rait. Les sacs d'écus étaient reçus sans compter... Reçus une fois, on allait, on donnait,
on offrait, on se divertissait... Puis la bourse
redevenue nette, on signait encore; de la
sorte, prés, maison, bois et vignes, chan-
geaient de maître... Mais la philosophie de

Marie, l'insouciance de l'abbé, la gaieté de
Paul, le laisser-aller de la servante Toinétte,
n'en éprouvaient la plus légère secousse, et
l'on s'amusait fort au logis, quand un jour
Marie apprit qu'elle ne possédait plus qu'un
revenu chétif, de cinq cents livres viager, ina-
liénable, heureusement, et par conséquent,
dès-lors il fallut bien s'occuper de l'avenir.

L'avenir! Le lendemain, le nouveau propriétaire de sa demeure venait prendre possession. L'habitation était cédée ronde, entière, complète; seulement on s'était réservé
le droit d'enlever le plus simple mobilier.....

Avant de quitter les vestiges de son opulence, Marie fut au château-fort saluer ses
amis..... Hélas! dix-huit cent quatorze, dix-
huit cent quinze, Napoléon, ses belles ar-
mées, l'empire, notre gloire, notre bonheur,
n'étaient plus qu'un souvenir... Marie s'a-
trista en s'éloignant de ces lieux, mornes désormais... Une larme accordée à une infortune sans exemple s'échappa furtive de son
œil attendri... Ses amis! leur nombre était

diminué... De nouvelles troupes, bien belles, bien neuves; de nouveaux chefs tout jeunes; marquis, comtes ou ducs, ignoraient presque son existence...

Cependant on accompagna son départ. L'égoïsme, qui fuit l'infortune, ne se montra pas là dans toute sa hideur. On lui promit de l'aimer, de se souvenir, de la voir, elle crut et vint s'installer à Paris dans un local plus que simple, où grâce à son stoïcisme elle s'accoutuma bientôt sans trop d'effort.

10.

Le bel âge passe si vite

TIBULLE.

—Invitez, Toinette, à dîner pour aujourd'hui
la pauvresse du sixième. Vous porterez une
bouteille de bon vin à son malade; la vieille
paralytique du *carré* viendra aussi... la malheureuse femme ne se régale pas si souvent de
bonne chair ! Tenez, en montant avertir la
mère Ragache, portez-lui un écu !... Achetez.

un poulet, le pot-au-feu, une salade. — Oui!
oui! s'écria Toinette ; de c'train là nous
irons loin avec l'méchant trimestre ! — Il
faudra payer notre terme aussi. — C'est
fait. — Moi j'irai rendre notre ouvrage terminé ! — Oui! nos chemises de troupe, à
dix sous de façon ! — Ne vous fâchez pas,
Toinette ; bonne fille qui pourrait faire
mieux pour elle , et qui se sacrifie ! — Ah!
si vous recommencez, Madame, je vous
plante là , et sors sans vous obéir... Vous me
reprochez ce qu' j' fais pour vous ! vous ai-je
reproché, moi, vos bons soins, votre amitié,
vos cadeaux, quand vous étiez riche?... Ma
chère amie par-ci , ma bonne fille toujours !
et jamais un mot de mécontentement! Et
j' n' suis pas un louis d'or ! Cependant vous
trouviez tout bien; ah! ah! j'ai le bonheur
de vous aimer ; vous êtes vieille , je suis
jeune et courageuse, j'ai des bras et du
cœur; avant d'entrer à vot' service, j'en
avais ben servi d'autres vraiment : des richards sans ame, ne me donnant presque

rien à manger, me méprisant... et je vous
quitterais!... Oh! qu'non! je travaillerai nuit
et jour! J'n'l'ai pas dit, depuis trois mois
qu'nous sommes pauvres ensemble! mais
vous avez vu comme j'm'gouverne... j'n'chan-
gerai pas...... Vous êtes ma mère, mon
amie; j'vous traitais en mère et en amie quand
je vous servais riche, encore de même et
mieux à présent qu' j'vous d'meure tout'
seule !

— Mais Paul n'est pas rentré! observa
l'honnête servante en essuyant ses yeux avec
le coin de son tablier. — Pauvre petit, laisse-
le jouer, s'amuser... — S'amuser, jouer...
avec qui? Ces polissons du boulevard, n'est-
ce pas? — Ne crains rien! il sera toujours
sage; il est né si bon! — On peut ben d'venir libertin et rester bon enfant. — C'est un
garçon! que veux-tu qu'il fasse ici? — C'est
vrai... et pis ses instrumens d'musique ven-
dus. — C'est lui qui l'a exigé. — J'sais ben...
Ah! Madame, Madame! moi j'n'regrette
rien; mais lui... qu'va-t-y d'venir ? — J'y

pense souvent, Toinette. Ça m'inquiète.
Avant d'entrer dans le pensionnat monté
par M. Miller, l'abbé m'a conseillé de lui
faire apprendre un état... — Un état, à lui!
Est-ce qu'il pourra, donc?

Marie et Toinette se taisent tristement.
Marie pense à cet enfant qu'elle aime, au-
quelle elle pouvait assurer un sort .eureux...
Elle se blâme... elle regrette... Mais Toinette
devine le sujet de la peine qui se montre sur
le visage ordinairement si calme de sa maîtresse, aussi se hâte-t-elle d'ajouter à sa réflexion : — Avez-vous songé à vous? Non....
patience! Un état donc à not' cher petit!....
J'vas chercher nos provisions et faire vos invitations, ma chère maîtresse, et ma fine
nous rirons encore ce soir, vaille que vaille,
tant pis!

Toinette est sortie. Marie, un moment af-
fectée, se remonte. Elle prend sa besogne.
Elle coud lentement, la digne femme, ses
yeux affaiblis commencent à trahir son zèle,
mais enfin elle s'occupe; son gain est mini-

me, mais elle gagne, et à la rigueur elle a si peu de besoins.

Paul rentre en chantant; il s'est diverti comme un bienheureux. D'abord les parades l'enchantent; les farces que les saltimbanques débitent ne satisfont pas toujours son intelligence, la musique d'ouverture n'est pas de fort bon goût; à tout prendre, cependant il s'en amuse, et devant *sa bonne mère* il répète, plein d'originalité, ce qui l'a frappé d'avantage; il ajoute abondamment, il fait pouffer l'insouciante Marie, qui se tord à la vue du jeune homme se vieillissant, se cassant, se grimant à surprendre un comédien rompu au métier.

Et puis sur les boulevards on rencontre si nombreuse, si bruyante compagnie d'enfans! on joue à tous les jeux. Et la réflexion de Paul attache grand prix au gain, sur tout quand le hasard le lui procure. Ensuite le langage vif, pittoresque, animé, plein d'images, de saillies, des gamins l'enchante. L'abbé le maintenait peu, le jeune Paul, il est

vrai, encore le surveillait-il, et souvent son
impétuosité naturelle l'emportant, lui attirait
un reproche fâcheux. Ici liberté entière,
complète. On se réunit, on s'agace; grands
et petits se pressent, inventent de bons tours,
rient, sautent, mangent, se bourrent de
friandises, sans chagrin, sans avenir,
sans crainte ni prévoyance; Paris est si
vaste! les naturels y découvrent tant de
ressources précieuses! On y vit si aisément
enfant, jeune homme, homme fait, sans travail, sans fatigue; un peu d'intrigue suffit à
qui sait se contenter du médiocre. Et Paul
qui est né joyeux, s'immisce dans toutes les
ruses, il s'y plaît; ruses innocentes, permises.
Le théâtre à bon marché, les pâtisseries étalées en plein vent...

Hier, par exemple, Marie inquiète l'a
beaucoup attendu. Inquiète sans crainte autre que celle d'un malheur arrivé à son cher
enfant. A la fin il s'est présenté au logis, à dix
heures du soir : Qu'es-tu donc devenu? s'in-
forme-t-elle doucement. — Ma mère, répond

le gamin, je me suis diverti comme un roi.
Tu m'avais donné deux sous, j'ai joué au
rouge et noir... sur une petite table cachée
dans un coin. Vois-tu, il paraît que la police
défend ce jeu là, son agrément ne s'accorde
qu'à ceux qui paient un grand impôt ; on ne
veut pas laisser perdre un sou sur la place,
mais on permet à des fils de famille de se
ruiner ailleurs ; ce qu'ils laissent sur le tapis
vert est partagé avec le gouvernement, qui,
à ce qu'on m'a dit, empêche depuis quelque
temps les comédiens de se montrer les jours
de bonne fête, les danseurs de se divertir,
mais il ne s'oppose point à ce que les maisons
de jeux aillent leur train, ce qui m'a paru
drôle, et à toi, ma mère ? — Et à moi aussi,
Paul... L'empereur était plus raisonnable....
Mais tout cela ne m'explique pas ce que te es
devenu ? — Dam' j'ai gagné ! Etais-je content ! j'ai ramassé un franc ! J'ai dîné : du
pain, de la viande, une tasse de café et une
glace au citron ! — Bon dieu ! avec tes vingts
sous ? — Il m'est resté de quoi aller au spec-

tacle. J'ai acheté une contre-marque de l'Am-
bigu; j'ai vu les deux derniers actes de la
Citerne. — Mais comment as-tu fait? — Il
est si aisé de vivre comme ça! Mon dîné m'a
coûté quatre sous : un pour le pain, un pour
la bonne chère, un pour le café, pour la
glace un autre. — Sois sage, mon enfant! —
Oh! oui, maman, tranquilise-toi.

Cette assurance avait suffi. Marie ne connaissait point Paris; elle n'imaginait pas le
danger que courait son enfant d'adoption au
milieu de cette ville immense. Ayant passé
toute sa vie dans les camps, imprévoyante
par suite, et à l'excès confiante et facile, elle
se serait cruellement reproché d'attrister le
jeune Paul, dont le langage aimable, les soins
pour elle, l'amitié vive, grandissaient chaque jour, et entretenaient au logis la plus
douce intimité.

Or, depuis trois mois déjà Marie avait
quitté sa maison de Vincennes. Mal logée
dans le quartier du Temple, ne s'habituant
point encore à calculer ses revenus, elle

avait déjà senti tout l'embarras de sa nouvelle position. Son excellente domestique, on l'a vu, avait refusé de séparer son sort de celui de cette bonne maîtresse ; l'abbé Pusterle était venu aussi, et le rusé notaire parisien avait deviné l'homme d'un coup-d'œil : Probité, grâce, langage exquis, anciennes et magnifiques allures, petit maître encore sous la soutane élégante, dernier présent de sa patrone ; M. Miller, dis-je, s'était promis de tirer avantage de ces vertus de monde. Entreprenant, hardi, heureux, riche, il eut bientôt trouvé ce qu'il nomma le ballot de l'ecclésiastique. Un pensionnat fut établi, dont il fit les fonds ; l'abbé Pusterle nommé chef de l'institution ; et tout à coup la mode qui n'est pas toujours sotte ou folle, ou niaise, avait lancé la vogue dans cet établissement tenu avec magnificence, zèle, probité exacte, et où tout relativement répondait à l'attente de ceux qui y plaçaient leurs enfans.

Avec un autre caractère, Marie, d'un mot, casait son Paul au milieu de ce cercle brillant.

Mais elle ne voyait plus le notaire ; de son côté l'abbé, dans un ravissement parfait, occupé de détails infinis, se contentait d'écrire un mot par ci par là à son ancienne amie, de sorte que l'enfant, libre de lui, sans frein, allait comme un oiseau que le printemps dilate. Il ne regrettait rien. La gêne de sa mère lui donnait le désir vif de la soulager ; mais en ce qui le concernait, son temps, à douze ans, était employé de telle façon, que nul sous le ciel ne lui paraissait devoir être plus véritablement heureux que lui.

A la fin Toinette est rentrée ; elle s'est acquittée avec exactitude des commissions qui lui ont été données. Les invitations ont été accueillies avec reconnaissance. La pauvre femme mendiante a fait un signe de croix et a béni la bienfaisante Marie ; la paralytique se fera rouler, c'est convenu ; puis aussitôt on se met aux apprêts du dîner.

Bientôt les étranges convives se présentent ; Paul et Marie leur font le plus obligeant accueil : vous étiez la mère des soldats

malheureux, dit la vieille Ragache avec onc-
tion, et de ce ton traînant que la misère af-
fectionne; maintenant vous voilà la protectrice du pauvre, du malade et de l'orphelin,
ajoute-t-elle après une pause sentimentale,
en montrant du doigt le jeune garçon, l'infirme dans son chariot, puis elle-même.

Ensuite on s'assit. Toinette servit, puis
elle prit place comme les autres. Le commencement du repas fut cérémonieux du
côté des pauvres étrangères; mais Marie qui
tenait à honneur de les régaler amplement,
les poussait et les bourra si bien, qu'au milieu de la séance chacune d'elle avait retrouvé son babil intarrissable.

Au dessert la joie devint plus confiante.
Jusque là le bon Dieu, la bonne Vierge,
la bonne Providence, les bons cœurs,
les bons curés de paroisses, les bons com-
missaires de la section, les bonnes dames de charité, avaient exclusivement occupé le tapis. Tout-à-coup la mère Ragache,
en pointe, échauffée, se dilectant, buvant

18

à plus grandes rasades, s'écria, le regard brillant tourné sur Marie, et s'adressant à elle : Vous connaissez, *ma belle ame*, le bon monsieur Miller ? — Oui, la mère, répondit notre amie en remplissant les verres, c'est lui qui gère mes petites rentes ; il est venu par hasard ce matin. — Je l'ai vu, *mère humaine de Dieu, il a donné de la bonté* jusqu'à grimper dans notre *misère*. — Ah ! vous avez donc quelques affaires avec lui, mère Ragache ? — Oh ! oui, c'est un homme de l'évangile, il nourrit les pauvres du doux Jésus ! — Vous me surprenez... je le croyais tout occupé de ses grandes spéculations ? — C'est ça véritablement, *brebis du Sauveur!* — Je ne vous comprends pas, s'écria Marie en souriant. — Ni moi non plus, ajouta Toinette. — Et ma foi pas davantage, dit Paul les coudes sur la table, tout émerveillé du langage biblique de la vieille. — Voici donc, reprit-elle, car le vin la talonnait, et sa langue pétillait d'aise.

— Imaginez mes pauvres chrétiens, que

l'état du pauvre était un pauvre état depuis la
terreur de 93 qui devait les enrichir. Oui... vas
voir! qu'est-ce qui nous fait du bien à nous?
Les naissances à cause des baptêmes, les mariages à l'église, les fêtes carillonnées, et les
décès vu les enterrèmens en *terre promise*.
Hé bien où étaient les naissances dans ce
temps de courroux céleste? Où étaient les
fêtes carillonnées, les mariages, les enterrèmens? Oh! c'était un temps bien peu miséricordieux que celui-là... Je le redis, la
main du Très-Haut s'était appesantie sur
nous, ses pauvres bénis, rien à boire, rien à
manger, nous n'étions pas plus heureux que
les princes et les rois! *Requiescat in pace!*

—Enfin la *manne* retomba goutte à goutte.
La paix du Seigneur se rétablit, on nous
donna un peu... trop pour mourir, pas assez
pour vivre. Tous les cœurs étaient fermés
encore, et nous végétions.

— A la fin *le temple fut nétoyé, on chassa
les marchands du parvis sacré*, nous accou-
rûmes, nous touchâmes au pain de la terre

et du ciel. Nous recomptâmes dans la société des appelés, *mes véritables élus de la
Vierge bienheureuse*, et notre sort s'a-
doucit.

—Un jour j'allais offrir mes petites écono-
mies à l'homme chargé de mon bien de **Dieu** ;
il me questionna : je répondis ; il rumina
un brin, puis il me proposa de revenir.

— Je revins donc le lendemain, *chez cet
humain de la douceur du Christ*. Il avait
arrangé une affaire bien charitable, vraiment ; voici ce qu'il m'expliqua : j'aurai une
trentaine de pauvres honnêtes, bien par-
lans, à l'air bien malheureux. Tous les soirs
ils viendront rendre compte à un agent, que
je veux établir, du gain de la journée. D'abord
j'assure les gages fixes à chacun... Trente
sous, indistinctement ; les plus intelligens
augmenteront au fur et à mesure. Comprenez-vous, me demanda-t-il ?

— J'avais bien compris, *anges des marches du trône éternel*, je consentis et bientôt
nous fûmes sur pied.

— Mes trente sous n'étaient guère. Souvent j'en apportais quatre fois plus! Je le dis, on ne m'écouta.

— *A la fin je criai devant l'aveugle!*

Ici la vieille éclata de rire. On se regarda un moment avant de l'imiter, puis on rit et s'informa curieusement.

— Voici; répliqua-t-elle un peu calmée; d'abord tout l'monde n'a pas l'avantage d'être aveugle. C'est un malheur, car il faut que tout l' monde vive, *mes chérubins du concert céleste.* Le bon, le très-vertueux rusé, monsieur Miller inventa des hommes de cire jaune, bien maîgres, il leur fit fermer les yeux ou sortir tout gros, rouges, effrayans, de la tête; le corps, bien chétif, d'osier, fut tressé dans la posture humble qui plait à la divinité de la Providence, et à l'orgueil de la douce charité humaine... Ont eût soin de les étaler avant le jour, de les laisser jusqu'à la nuit noire... Ce moment venu, une grande carriole faisait sa ronde. Chacune de nous autres, ointes du Seigneur, portait son aveugle, comme un enfant, jusqu'à la voiture qui rentrait et repartait le lendemain pour les placer aux endroits convenus ; jugez la belle économie !

— En conscience, je peux me vanter d'avoir, à ce trafic, amassé bien des écus mondains. Que la gloire de Dieu *soit universelle et générale !...* reprit la mendiante en élevant son regard effronté vers le plafond ; monsieur Miller a tiré gros de mes instances chrétiennes et touchantes aux passans... Oh ! je suis inspiré d'un saint mouvement pour attendrir d'abord. Et grâce à la divine mère de la rédemption qui s'est faite chair, j'ai économisée de quoi vivre, ainsi que mon homme qui n'est pas plus malade que vous et moi, agneaux pascales, mais qui dès six heures du matin a tant bu, qu'à cause du scandale, qu'est le plus grand péché mortel possible, je préfère qu'il demeure dans son lit où il se goberge ni peu, ni trop, je vous assure ! — *Amen,* s'écria-t-on à la fin du récit. Et certes on dut admirer l'impudence, et en rire encore.

— Fiez-vous à l'apparence désormais ! disait Marie en se pâmant. — Les appareuces ? oh ! c'est tout l Ecoutez encore ; ça m' rappelle qu'une fois à la brune, reprit gaîment la mendiante, une femme courait. Mon aveugle à genoux, ne se dérange pas à coup sûr ! v'là qu' la coureuse se jette sur lui comme une folle, le renverse. Dieu ! je pousse un cri de colère, on s'assemble ; on nous entoure ; le pauvre mannequin étalé au coin de la borne ne donnait pas signe de vie : Elle a tué l'aveugle ! arrêtez ! arrêtez ! répète-t-on... J'étais pas à mon aise, la tricherie pouvait se découvrir... Pour comble de malheur un fameux médecin, j'ai appris depuis qu'il a été limonadier, qu'avec de la limonade il a, par hasard, guéri une jaunisse ; ce miracle lui a donné à croire qu'il était docteur, et ses protecteurs qui sont forts depuis la belle et bonne restauration, l'ont casé dans l'administration de... ou des...

toujours est-il là. Il y fallait un médecin, on a placé un limonadier... Ah! ah! ah!...

— Vous êtes bien maligne la mère! dit Marie en applaudissant, les autres se roulaient. — Voici la fin, répondit la Mégère; or, le fier savant se baissa d'un air tout miséricordieux; il tâta la poitrine de l'aveugle... Oh! oh! quelle maigreur! ronfla-t-il en dandinant sa tête; puis il releva le bras : ah! ah! le sang est glacé... le pouls est nul... mort rachityque, extinction vitale, complète... puis se relevant : Tout est fini, s'écria-t-il en plaçant ses pouces dans les poches de sa culotte...

— Et la pauvre coureuse, qui avait tué mon *mari*, allait passer un mauvais quart-d'heure, mais notre voiture arrivait, je me jettait sur le cadavre que j'enlevai, en beuglant comme une femme perdue : Pour l'amour du bon Dieu, dis-je, mon cher monsieur, ramenez-moi chez nous avec mon défunt.

Celui à qui je m'adressais, comprit. Il ouvrit son carrosse déjà comble d'aveugles, je m'y accroupis tant bien que mal, je me débarrassai du mannequin que je serrai sur ses autres camarades, et le lendemain, on me découvrit, loin du maudit quartier, une autre place où je soignai de plus près mon individu!

— Est-il possible que M. Miller ait jamais consenti à s'enrichir encore d'un semblable commerce? s'écria en cet instant Marie avec un peu de répugnance. — Vous nous la donnez belle vraiment, riposta la mère Ragache, rouge de colère; un semblable commerce?... Diable! il serait difficile de s'en croire déshonoré. Qu'est-ce qui honore? les écus! Est-ce que par hasard not' argent n' vaut pas celui qui sort de vot' poche? Not' argent n'est pas sali pour avoir passé par nos mains. J'lui vaux, à moi seule, plus de mille écus de profit par an, les autres à peu près; aujourd'hui not' *admistration* se compose de cent *employés* mâles ou femelles... Calculez et répondez? a-t-il tort ou raison le saint homme? que Dieu le bénisse. Ses agens sont honnêtes, nous sommes bien payés... et nous ne faisons de tort à personne.

L'humeur âcre de la vieille déplut à Marie. Sa charité, son laisser-aller, sa bienveillance l'avaient souvent conduite à découvrir de laides et sales turpitudes; ce dernier trait l'amusa d'abord, mais la réflexion lui montra tant de bassesse dans l'action qui lui était racontée avec un si impudent cynisme, que la froideur succéda à l'air riant, ce dont la vieille s'apperçut aussitôt, car en se levant sans commentaire, elle déguerpit et on la croyait loin, rentrée dans sa demeure, lorsque reparaissant tout à coup, elle vint droit à la paralytique : Vite hé! vite! Le commissaire de la section fait sa ronde il a commencé par chez nous. Il a trouvé mon homme presque mort-ivre... et moi j'peux à peine m'soutenir... ainsi donc dépéchez-vous de rentrer.—Oh! c'n'est pas la peine, répondit l'infirme pleine d'assurance.

— Pourquoi donc? s'informa Marie. — C'est
le tour à ma sœur. — Quoi donc? demande
la servante Toinette. — Nous sommes paralysées chacune a notre tour. Je suis restée
aujourd'hui à la maison à cause du dîner
honnête de madame Marie; ma sœur 'est à
son poste. — Qu'est-ce que vous débitez-là?
s'écria Marie au comble de la surprise. — Il
faut vivre, n'est-ce pas, la mère Ragache
vous l'a dit? Hé bien nous sommes bien nées,
la révolution nous a ruinées... Sans état,
sans ressources, nous avons choisi le plus
simple; nous nous sommes paralysées à tour
de rôle. Les ames charitables nous ont se-
courues, et un jour sur deux, l'une de nous
souffre, tandis que l'autre se repose, se promène, va et vient, déguisée comme de raison. Je compte sur votre silence au moins!

Cette nouvelle imposture fit monter le
rouge au visage de notre amie. La canaille,
dit-elle à Paul, est bien confiante... Sortez de
chez moi, malheureuses, et n'y reparaissez
jamais.

Les deux infâmes crétures s'étaient trompées sur le compte de leur hôtesse. Redoutant que dans son indignation elle ne dénonçat leurs ruses, elles sanglottaient, s'agenouillaient, demandaient, le front dans la poussière, qu'on leur gardat le secret. Marie dégoutée outre mesure, promit ; et les drôlesses qui avaient mangé son dîner s'esquivirent en riant sous cape... Mais si la leçon fut bonne, elle arrivait un peu tard pourtant !

Paul et Toinette calmèrent l'irritation de la bonne femme. La servante avait eu un moment le désir de sermonner sa patrone ; mais l'air ému de cette dernière la toucha. Bientôt on se sépara, et l'humeur n'étant pas chez Marie un mal chronique, elle oublia dès le même soir ce qui l'avait occasionnée. Le lendemain, reprenant son travail d'aiguille, elle recommença devant sa bonne domestique Toinette le récit de ses campagnes, où son souvenir trouvait sans cesse à puiser de nouveaux et intéressans documens.

Je suis né avec le goût des arts, je les comprends, je les aime, et malheureux en toute chose, je suis forcé de cacher au monde cette passion dont il se moquerait, en l'état que le malheur m'a imposé.

L'auteur. LE PRINCE ET SON VALET-DE-CHAMBRE.

Chaque jour le jeune et beau Paul sortait et parcourait les lieux de réunion publique avec un plaisir facile à comprendre à son âge

heureux. Jusqu'ici le sort de sa mère, dont
la philosophie réelle savait être satisfaite du
peu qui lui était resté de sa belle fortune
d'un moment, ne lui occasionnait aucune
inquiétude. Partageant les jeux d'une foule
de camarades que sa gaieté lui avait attachés,
dont bientôt même il fut traité avec considé-
ration, il apprenait la vie agitée, il inventait
des espiégleries, il parlait leur langage,
mais son cœur tendre le guidait sûrement, et
par son autorité il arrêtait souvent les excès
blâmables médités en sa présence.

Un soir, la bande joyeuse avait poussé
jusqu'aux Champs-Élysées sa course vagabonde. Oh ! sur le chemin à parcourir que
de joies vives, que de quolibets lancés aux
passans, que de malices excellentes, spirituelles. Paul se surpasse encore! La journée
a été magnifique, la soirée est délicieuse, la
foule encombre les promenades ; les équipa-
ges brillans, les chevaux, les élégans pié-
tons se succèdent et se touchent ; c'est un
tourbillon de bel air que notre jeune homme

admire sans envie, sans arrière-pensée. Ils
arrivent en folâtrant, en poussant des cris,
les malins enfans, au milieu de cette société
hautaine, mais qui ne leur impose guère,
tant à Paris on s'accoutume vite à l'aspect
de l'opulence ou du rang descendu dans la
rue. Ils renversent les chaises rangées sur les
avenues, ils culbutent les cercles de curieux
entourant l'artiste chantant faux; ils étei-
gnent les lumières des boutiques étalées sur
leurs passages... Quelques-uns, les moins
scrupuleux, escamotent adroitement les objets que convoite leur gourmandise... Et puis
on poursuit, on revient; le temps passe.
Plusieurs apprentifs, sans parens, sans liens
sur la terre, se décident à attendre sous les
arbres le retour de la lumière; d'autres, plus
sages, rentreront au giron paternel. Mais à
Paris souvent le père, malheureux ouvrier,
arrivé à la fin de sa journée, entraîné par
d'autres, se vautre dans l'orgie et oublie son
fils. D'ailleurs on l'a élevé de même sorte, et
le voilà tout entier! Or son fils est maître; il

ne coûte rien, point d'investigation fâcheuse;
il travaille, qu'il s'amuse! le père s'amuse
bien, lui!

Aussi, tous sont ils sans crainte d'un châ-
timent qu'ils savent, d'ailleurs, supporter où
braver au besoin. Ils sont arrivés hors de la
barrière de l'Etoile. Là on se consulte. Que
fera-t-on? — Entrons dans ce cabaret, opine
un petit garnement de dix ans à peine, garçon au teint flétri déjà, aux yeux ardens, au
nez en l'air, portant toque rouge, tablier
agraffé, retroussé autour de sa taille frêle,
et sabots brisés dans la course; entrons; buvons un coup, j'ai dix sous qu'v'la! Allons,
marions not' pécune... J'ai fait des contre-
marques hier... v'là mon écot. — Marions!
marions! répètent en chœur les enfans en tirant de leurs goussets tout ce qu'ils possè-
dent, bien ou mal acquis. — Dam! moi je
n'ai rien, dit Paul en rougissant. — T'as rien,
tu ne boiras pas, s'écrient quelques-uns. —
T'as rien, tu boiras, ripostent les autres, ce
sont les moins nombreux. — Je ne veux rien

accepter, n'ayez pas peur, observa Paul; il va rentrer à Paris.

Mais la dispute engagée se poursuit; la troupe tout-à-coup en vient aux mains. Cinquante enfans se terrassent, s'invectivent, se déchirent, s'assomment... On les entoure, on s'en amuse, on les agace, on rit... Plusieurs, déjà blessés, sanglans, sont mis hors de combat... Et des hommes raisonnables admirent, s'écrient, donnent des louanges aux vainqueurs; que cette admiration sotte encourage. Les pierres s'en mêlent enfin. Des pierres lancées avec adresse atteignent le but, mais quelques-unes s'égarent et viennent punir les amateurs du pugilat de leur bête engoûment. Un gros homme frappé pousse un hurlement épouvantable; les jeunes combattans s'arrêtent... Les grimaces du blessé les amusent, et à fin de s'amuser mieux, ils se réunissent par instinct, se jettent sur les imbéciles qui leur conseillent de s'assommer, les poursuivent, les huent, les accablent de horions, les culbutent, les mettent en fuite; et bien joyeux, redevenus bons frères, entrent au bouchon où des brocs leur sont servis, et où ils se dilatent, vidant d'énormes verres, sans broncher, grimacer, ni reprendre haleine.

Le plus vieux des buveurs n'a pas encore atteint son troisième lustre!

Mais Paul s'est éloigné; la tête basse, il a repassé la barrière. Les montagnes russes, établies à peu de frais, et qui en moins d'une année ont enrichi leurs propriétaires, sont maintenant oubliées. Celles montées à Beaujon avec un luxe rare, à prix d'or, ne causent aucune sensation. A Paris l'homme qui a une idée est perdu s'il la montre à demi; on la lui vole, on l'agrandit, on la rend mince, on l'amoindrit outre mesure. Mais si d'abord l'idée mère a du succès, oh! alors les imitateurs, race à la suite, qui perfectionne et se ruine, mettent la main à l'œuvre. L'œuvre s'accomplit, brillante, éclatante, mais elle n'est plus neuve. L'idée neuve a usé le succès. L'idée de l'idée, quelque perfectionnée

qu'elle soit, est reçue avec indifférence, et
pourtant ces exemples si communs ne pro-
fitent à aucune expérience. Il y a des sots si
faciles à aveugler, à duper ; si ambitieux, si
absurdes !... On travaille assez généralement
l'idée de l'idée sur le terrain de ces imbéciles
à argent, et , au bout du compte, l'homme à
l'idée seconde n'a perdu que cette seconde
idée et les fonds de ses nigauds bailleurs.

Or, Paul s'avance doucement. Plus ré-
fléchi, il admire avec intelligence la beauté,
la richesse, l'élégance des hôtels et des jar-
dins qui se trouvent sur son passage. Devant
le parc aux nouvelles montagnes , plusieurs
personnes quittent leurs carrosses et vont
dégringoler. Partout le lieu de la fête est
éclairé avec goût, éclat, et luxe ; un orchestre suave captive et retient ; mais hélas !
les amateurs y sont clairsemés , et rien de
triste comme un grand lieu ouvert à la foule
rendu désert et morne par la rareté des pro-
meneurs.

Paul s'arrête, il écoute. Les artistes exécutent une ouverture de Boyeldieu, qu'il a
joué sur son piano. *Le Calife de Bagdad*
l'émerveille ; il se sent pleurer d'attendrissement ; ses nerfs délicats, irritables, s'é-
meuvent ; il regrette sa musique, pense à son
cher violon, à sa pauvre petite guitare... Et
pendant cela, les accords qui le font rêver
poursuivent leurs traits éclatans ou mystérieux, orientals, et plein de mélodie... Le
pauvre enfant qui sait, fait rouler ses doigts
sur son cœur, il accompagne pour son ame,
il suit bien sa partie ; il sent dans sa poitrine, qui résonne les sons, celui que son
toucher frappe...

C'est fini, sa main se repose, il attend...
Une contredanse ?... Ce n'est pas là sa musique à Paul ; il part... Il est concentré. A
quelques pas de distance, une femme est
assise au pied d'un arbre. Une femme à l'aspect mort ; elle chante en s'accompagnant
d'une mandoline ; son chant est pénible à
entendre ; elle souffre cruellement en chan-

tant. Près d'elle une jeune fille couverte de
haillons marche droit aux passans, tend une
sébile, ne reçoit rien souvent, et se rapproche
de la misérable artiste.

Paul, bien disposé, s'arrête et contemple.
La petite continue son manège, et rien! rien!
toujours rien! Les sons si faibles de la mandoline se perdent dans le bruit des éclats de
rire de la foule parée ; celui des carrosses,
des chevaux galoppant en élevant un nuage
de poussière, efface les voix réunies de l'artiste et de son instrument ; et la solliciteuse
se décourage : Rien! rien! rien!

Tout-à-coup la malheureuse femme se
relève : Oh! pour l'amour de Dieu, s'écrie-t-
elle en pleurant, donnez nous un secours!
J'ai faim!

Son cri a frappé l'air qui l'emporte. Elle
retombe, l'infortunée! La petite sanglote, elle
a aussi perdu courage...

Mais Paul s'élance. Pauvre enfant de
quinze ans, il se comprend bon, sensible ;
que va-t-il faire? Il l'ignore encore, il est

auprès des inconnues. Leur instrument gît, abandonné, loin d'elles. Elles paraissent être anéanties! Les malheureuses, mourir d'inanition au milieu de tant d'opulence!

Paul, prompt comme la pensée, s'est emparé de la mandoline; son toucher d'artiste la rend vibrante et harmonieuse. Inspiré, Paul prélude avec ame. Son bel œil s'exalte. Il a regardé cette mère couchée sur son enfant, attendant là, respirant à peine, l'heure de la délivrance, le trépas de la misère... Oh! non! Paul doit les aider; s'il le peut, il les soulagera; il sait..... Il va montrer son savoir.

D'abord son exécution est douteuse; bientôt il improvise de délicieuses variations. Jusqu'alors vêtu avec une propreté qu'embellit sa pose gracieuse, et la prodigieuse beauté de son visage, il exécute sans peine, délicatement... Mais l'espace immense qui l'entoure, absorbe et détruit ses effets... On passe encore... Rien! toujours rien!

A la fin il se rappelle une romance qui lui valut jadis de bruyans applaudissemens

dans le salon de Marie. Il entonne, il chante :
romance pleine de charme, d'amour, de regrets ; il la pleure l'aimable enfant... C'est
un amant qui a vu mourir celle qu'il aime !
L'accent de notre jeune artiste est enchanteur. Inspiré par l'humanité, il a deviné le
secret de l'amour. La pauvre femme a levé sa
tête désespérée, la jeune fille, par instinct se
remet à son poste... On écoute enfin, on applaudit, on s'extasie... Les cœurs tendres que
Paul appelle, se laissent séduire, et si maintenant il verse des larmes en disant, il en fait
couler d'abondantes à ceux qui comprennent
son admirable et précoce talent.

Oh! quel joie pure pour un enfant! Joie
d'orgueil, de bonté, de satisfaction intime !
joie d'amour propre aussi! succès de corps
et de cœur! Beauté, sa beauté! son talent,
son abnégation sont couverts d'éloges unani-
mes, et l'infortunée exalte sa gratitude : Elle
ne connait pas son sauveur. Elle allait s'éteindre faute de secours ; manquant de tout ce
qui soutient la vie ; l'ange a paru, dit-elle...

On entoure notre Paul, la charité une
fois excitée ne s'arrête pas en chemin. Une
pluie d'argent paie sa bonne œuvre. Les auditeurs émerveillés, personnages égoïstes par
habitude, que la fortune à gâtés, ne deman-
dent pas mieux que de donner si l'on touche à la fibre difficile à découvrir sous beaucoup de matière compacte. Ici cette fibre est
agitée. La générosité quelle réveille s'épand
et devient folle. L'or lui-même est lancé sur
le sable, que de jeunes femmes étincelantes
de parure, ramassent dans la poussière,
offrent au bel enfant, souriantes, sous leur
attendrissement elles ajoutent leur don sé-
paré à celui que leur main délicate lui présente.

La séance se prolonge. L'entourage de
notre artiste improvisé devient immense. Sa
réussite l'énivre. Plus sûr de lui, il commence un air difficile qu'il a, naguère, entendu chanter à Martin. Il déploie toute sa
science, il se surpasse. Sa voix se développe
comme par enchantement. D'abord il a imité

son grand modèle ; maintenant il est lui ! Il
travaille sans peine ; ses sons remplis de suavité, ne le trahissent point. Il brode avec un
goût inimitable ; il marche d'une allure
franche, hardie... Le bel air de Gulistan est
terminé avec éclat et des battemens de mains
prolongés, des récompenses abondantes
attestent énergiquement toute la satisfaction
de l'auditoire.

En cet instant Paul se baissa à l'oreille de
la pauvre femme assise, en extase : A demain,
ayez un violon... dit-il à basse voix.

Il va se glisser et disparaître. On le retient.
Un homme âgé, d'un abord imposant l'arrête : Qui êtes vous, jeune homme ?

Paul réfléchit : orphelin répond-il en rougissant. Il a menti afin de ne pas être découvert. Il craindrait un reproche de la fière
Marie : s'être ainsi publiquement donné en
spectacle !... Elle le gronderait : orphelin,
Monsieur. — Que faites vous ? — J'apprends
un état.

Il mentait encore. Mais comment avouer sa vie inutile. J'apprends un état.

— Soyez toujours sage et ne renouvellez pas trop souvent, croyez-moi, vos séances publiques. Le danger deviendrait grand, votre jeunesse se corromprait et cela serait malheureux !

L'inconnu offrit une bourse à notre jeune homme. Paul refusa en rougissant : donnez, dit-il, à cette malheureuse femme, à sa pauvre fille; moi, Monsieur, je n'ai besoin de rien...

— Bien! fort bien! s'écria l'étranger en regagnant son carrosse. Puis après un salut, et un mot de remerciment, mot simple, touchant, naïf, notre musicien se retire comblé de louanges; d'abord il reste grave en marchant avec solennité, bientôt il pense à ses camarades qui se divertissent. Cette idée le fait bondir. Il s'élance, il court, il vole, il est sur l'emplacement de l'Arc-de-Triomphe; il entend pousser des cris joyeux, désordonnés; il entre au logis d'où ils partent...

Oh! oh! les gamins sont échauffés ! ils chantent aussi eux : chants lubriques , obscènes
contorsions de gestes, orgie d'enfans ivres...
Enfin! Paul se sent pénétré de dégoût. Sa
soirée a été si bonne à lui, si glorieuse , si
profitable à la malheureuse mère, à sa jeune
fille.....

Il se retire seul ; il s'achemine en rêvant ;
il suit la route qui le reconduira chez son excellente protectrice. Il est bien tard. Elle
l'attend, sans doute?.. Oh! quel succès! quel
beau succès! Et quoi qu'en ai dit le vieux
monsieur, il retournera demain et après demain aussi... jusqu'à ce que *ses protégées*
soient tirées complètement de leur affreuse
misère! Il dit, et il continue d'avancer.

Marie attendait en effet. La gêne commençait à se montrer dans son ménage.
L'argent, dont elle n'avait jamais connu le
prix, allait lui manquer. Comment faire ?
Ecrire à sa fille; charger de ce soin le notaire? Oh! non! enfant dénaturée, n'a-t-elle
point méprisé sa mère? Où est-elle, d'ail-

leurs, cette femme qui, au rang où l'a placée son union avec un noble comte anglais,
octroierait sans doute une aumône avilissante à celle qui n'a pas hesité à lui sacrifier
la moitié de sa fortune ? Où est-elle?...

Marie veut oublier cette idée désolante
d'une fille ingrate ; sa pensée se reporte sur
son fils d'adoption. La misère qui s'avance
lui ordonne de réfléchir. Paul, il est vrai,
possède quelques talens, mais dans cet immense Paris, où elle ne connaît personne,
comment les employer?... Pourtant il faut
songer à son avenir. Il est grand, fort, robuste... sans doute, un état?

Oui, dit-elle en se levant, un état! Un état
ne déshonore pas l'ouvrier qui veut vivre paisible!... Mais... un état... à lui?... Oh! il était
né pour briller dans une autre sphère... Un
état! Pauvre enfant! tant d'esprit, de grâces,
de beauté! Que va-t-il devenir enfin, Toinette?

Car Toinette travaillait en silence; elle se
taisait; son cœur palpitait avec émotion, des

larmes roulaient dans ses yeux; aussi se
hâta-t-elle de répondr à l'interpellation qui
lui fut adressée. Elle y répondit avec plus d'autorité qu'elle ne s'en était permise encore.
Oui, s'écria-t-elle en étouffant un soupir, oui
un état à ce pauvre enfant! Oui! oui, il le faut
bien! il est trop tard de gémir aujourd'hui!
c'est plutôt qu'il y fallait penser. Un état!
pauvre chéri! il a des mains à faire un état,
n'est-ce pas? il est fort? joliment, ma foi.
Quand il se sera tué le corps et l'ame du matin au soir, qu'il nous arrivera barbouillé
jusqu'aux oreilles, fatigué, mal nourri, il
sera fort!... Ah! dam', à qui la faute? Au
lieu de faire tout manger à des étrangers qui
vous ont plantée là; à vos soldats que le gouvernement nourrissait, et que celui d'aujour-
d'hui vient de chasser... A qui la faute? pas
à moi d'abord, car je ne l'oubliais pas, je le
regardais en pleurant; déjà je devinais ce qui
arrive... Pardine, vous et moi nous irons
toujours!... Mais lui, ne mène-t-il pas un bon
train à cette heure? abandonné, libre d'aller

comme un vagabond! Voyez... est-il rentré?..
il est tard... Pauvre enfant! Mon pauvre petit Paul!... on t'a fait manger ton beau pain
en premier, va! mais c'est égal, je ferai tant
des pieds et des mains que tu ne manqueras
toujours pas du nécessaire.

Marie ne s'attendait point à tant de véhé-
mence. Toinette, en parlant, s'était animée;
son visage de brave fille montrait les signes
positifs d'une colère longtems comprimée...
En terminant, [elle reprit son travail qu'elle
avait jeté loin d'elle un instant avant, puis
silencieuse, elle s'occupa avec une telle activité, que sa maîtresse, loin de lui témoigner un mécontentement auquel elle s'attendait, se leva, se rassit avec incertitude, puis
ne trouvant rien à répondre, sortit de la
chambre et ne reparut plus de la soirée.

Minuit sonnait quand Paul se présenta.
Toinette qui l'attendait impatiemment, en
train de chapitrer, l'accueillit avec sévérité.
D'où viens-tu? Qu'as-tu fait dehors au milieu
de la nuit? — Ma chère Toinette, répondit

le jeune homme tout brillant de la plus aimable joie, je veux bien te l'apprendre, à toi
seule au moins; ma mère gronderait... —
Enfin! s'écria la servante. — Tu promets
bien, n'est-ce pas? — Direz-vous au bout de
ça? — J'ai fait une bonne action, reprit-il
avec sentiment; puis il raconta son aventure
des Champs-Elysées. Avant de terminer il se
répandit en éloges sur le compte de ses nouvelles amies : Pauvre mère! Toinette, elle
périssait de besoin! et chanter en cet affreux
état! Et la jeune fille... elle sera bien gentille, je t'assure! comme elle me remerciait...
Oh! j'ai bien agi, qu'en penses-tu, Toinette?
Il n'y a pas de mal dans cette action? D'ailleurs je n'y retournerai pas. — Non! ben au
contraire, cher petit, s'écria la faible Toinette devant le jeune garçon, ce qui t'est arrivé est beau, bon, superbe! et faire de ça,
qu'est un vrai chérubin, un ouvrier?... Fi
donc! Non! non! tu seras mieux. On te pla-
cera; je me démènerai comme je pourrai,
mais tu ne seras pas un malheureux comme

tous ceux que je rencontre : un ivrogne,
mange tout, coureur de cabarets ! Ce serait
frais, vraiment !... Et tu dis donc, mon
amour, qu'l'beau monde t'écoutait, t'ap-
plaudissait ? T'as raison, mon fils, n'en
causons pas à madame Marie... elle a quelquefois de si drôles d'idées... Mais elle est si
bonne ! si humaine !... comme toi, mon bijou !...Tâche cependant, si jamais tu possèdes quelque chose, d'en tirer meilleur parti
qu'elle, et de ne pas te laisser gruger par le
premier venu, comme elle l'a été toute sa
vie.

— Va te coucher Paul, va mon ami, ajouta-t-elle après avoir couvert de baisers le
visage du jeune homme, dors bien, mon enfant... moi je veux finir ce que je tiens, car
il ne s'agit pas de rire, nous ne sommes plus
à Vincennes à présent !...

Puis comme il s'éloignait : n'oublie pas
de remercier le bon Dieu ! Fais ta prière,
au moins, entends-tu ?

Alors elle se rapprocha de la modeste

lampe, et reprit son travail qu'elle poussat jusqu'à la pointe du jour. Enfin elle se mit au lit, satisfaite, calmée, heureuse... Elle montrait sa gratitude à l'excellente femme qui, dans une autre position, l'avait traitée avec tant de bienveillance.

12.

—

Mais plus doux, mille fois est notre premier amour.
LORD BYRON.

Paul ne vit sa bonne, sa faible, son imprévoyante protectrice que le lendemain dans
la matinée. Après l'avoir embrassée il s'ap-
prêtait à sortir quand Toinette entra. Celle-
ci venait de renouveller les provisions; elle
avait rendu toute sa besogne achevée; elle
en rapportait beaucoup d'autre au logis, qui

devait être plus lucrative; aussi, afin de
faire oublier son humeur de la veille, parais-
sait-elle être plus joviale, plus complaisante
encore que de coutume, et ce fut en chan-
tonnant un vieux refrain quelle apprêta le
déjeûner, plus delicat, plus abondant qu'on
ne pouvait l'espérer dans l'état de délabre-
ment où se trouvaient depuis quelques jours
les finances de la patronne.

Marie, touchée des prévenances de sa fidèle domestique, oublia sans effort, ce qui
s'était passé entr'elles; elle fut en cette circonstance ce que ses amis la trouvaient, in-
variablement pleine de douceur et d'insouciance; elle vit donc partir son Paul sans
avoir eu le courage de lui énoncer sa résolution. Il sera temps une autre fois, pensa-
t-elle; à quoi bon troubler sa joie?... et
d'ailleurs nous verrons plus tard!... Sois *sage*
et viens te coucher de bonne heure, mon
ami, lui dit-elle en l'embrassant encore.

Le jeune homme est sur le chemin des
Champs-Élysées. La matinée lui semble

éternelle, il cherche à user le temps en s'oc-
cupant des objets matériels qui frappent son
regard. Ce jour-là il a encore accordé plus
de soin à sa parure simple, propre, mais à
laquelle ses formes parfaites donnent l'éclat
d'une toilette brillante. Il se promène, il
pense. La pauvre mère et sa fille... quinze
ans peut-être comme lui... jolie... sa taille
délicate... ses yeux expressifs, et puis l'air si
malheureux!

Pauvre jeune fille! Pauvre jeune fille! Ah!
le malheur est un lien bien puissant. Que les
ames tendres sont facilement séduites par
l'aspect de l'infortune! Une mère, une fille
malheureuses, sans avenir, abandonnées!
Pauvre mère! Oh! pauvre mère! il va les revoir, Paul, leur soutien; il va leur offrir un
secours puissant. Sa tête, son cœur s'embrâ-
sent et s'exaltent. Le coup-d'œil de cette mère
tirée par lui de l'abîme, ne quitte point son
imagination qui brûle de produire; l'orgueil
est flatté; l'intelligence est vive; il sera ce
soir plus brillant, plus animé encore. Il verra

la joie de ses succès répondre à sa joie; il entendra ces belles louanges qui doublent le talent. La mère, la mère! et sa fille le béniront... Oh! quel bonheur!

Il marche, il revient; le soleil est toujours au plus haut du ciel. L'impatience s'empare de son cœur; que fera-t-il? Le temps se traîne lourdement. Il parcourt vingt fois l'espace qui sépare la barrière de l'Etoile de la place de la Révolution; enfin il se décide à sortir de Paris. Il est à la porte Maillot; il entre dans le bois de Boulogne; il s'isole des passans qui le gènent; il avance dans les sentiers les plus solitaires; il repasse d'abord en lui les morceaux dont il veut, le soir, composer son concert. Bientôt enthousiaste, sûr de son éloignement du monde, il cherche des effets nouveaux. Ici la pensée cesse d'être suffisante. Il prononce a demi-voix; il s'oublie, il est bien seul... Il chante appuyé contre un arbre; pénétré d'admiration pour les beautés de la nature qu'il aime, il trouve dans ses moyens une force, une adresse, une assurance, qui le ravissent. Il est transporté d'aise; il continue; il s'écoute dire; des larmes s'échappent de ses yeux tournés vers la voûte céleste... Sa pose est d'un artiste qui improvise; sa beauté est celle d'Apollon.

Tout-à-coup un inconnu se montre à lui; la surprise de Paul est pénible, il va s'éloigner : Vous possédez un magnifique talent, jeune homme, s'écrie l'étranger en le parcourant du regard; qui êtes vous?

Le ton dont cette question est faite, met Paul sur-le-champ plus à son aise. Cependant il ne veut pas être connu; un peu d'orgueil singulier, un pressentiment d'avenir, l'idée de la bonne Marie le retiennent. — Orphelin, monsieur; comme la veille il a déjà répondu au vieillard. — Quelles sont vos ressources? — Je travaille. — Quel état?

Paul réfléchit un instant; mentir d'un mot, n'appelle point la rougeur sur son front; mais délayer une longue imposture, humilie

son ame ; Je travaille, Monsieur, dit-il... Il
va partir.

L'inconnu l'arrête en souriant : Nous
nous reverrons, s'écrie-t-il; en attendant
mon cabriolet est là, veuillez m'accompagner ; je suis fou de musique, vous chantez
comme un ange, vous paraissez bien élevé,
vos manières sont peu communes... Jeune
homme, je veux que vous me connaissiez
mieux... Ah! la musique! j'adore la musique!

Et l'inconnu s'est emparé d'un bras de
l'artiste, il l'entraîne. Ce bras passé sous le
sien, le presse avec affection. Souvent cet
homme s'arrête, il regarde les traits du jeune
homme avec une attention qui le surprend...
Mais bientôt la musique est reprise; l'inconnu s'extasie... Nous dînons ensemble
pardieu, s'écrie-t-il en riant aux éclats... Un
bon dîner, reconfortant, délicat...

Paul, innocent, hésite ; ce mouvement est
deviné. Sans cérémonie, *mon ami,* reprend-

on... nous parlerons de vous. . Oh! je puis vous être utile...

Le jeune homme consent à la fin. Un élégant cabriolet vient, sur un geste que lui adresse le maître ; Paul monte, l'inconnu est auprès de lui ; le beau cheval s'élance ; on est descendu chez le restaurateur Gillet ; on est introduit dans un salon magnifique ; on est servi avec recherche, on mange, on cause : les arts, la musique surtout! Paul laisse entrevoir toute son ame passionnée... Il est écouté avec charme, secondé avec esprit ; il dit des choses délicates, fines, aimables ; son visage s'anime... L'inconnu le regarde avec une attention sans exemple ; puis, comme emporté malgré lui, il s'écrie enfin : Rien de plus parfait *que toi* sur la terre, beau et bon jeune homme!

La séance se prolonge. Paul n'oublie point son engagement. Les yeux fixés sur une pendule, il annonce tout-à-coup la nécessité de s'éloigner ; l'inconnu ne lui adresse aucune instance pour le retenir. Allez, mon cher ami, dit-il en serrant les mains de l'artiste dans les siennes... Nous nous reverrons, je pense? — Oh! oui! monsieur... demain... quand cela vous plaira. — A la même place, n'est-ce pas, ajoute avec émotion le nouvel ami de Paul. — Oui! oh! je vous remercie, s'écrie l'ingénu garçon en saluant.

Ils se sont séparés. Paul enchanté arrive en courant au pied de l'arbre où ses amies doivent le rejoindre. La jeune fille l'attend déjà, mais seule, l'air riant, malin, plein d'espérance, de ruse, de grâce, de vivacité. Sa mise est simple, propre, ajustée avec coquetterie; d'abord Paul est frappé du changement survenu dans la personne de cette fillette. Elle est bien mieux que je ne le croyais, pense-t-il; puis il la questionne : Votre mère? — Oh! ma mère est un peu malade, répond la petite d'un air dégagé, ce ne sera rien... elle est si contente... Nous avons gagné hier deux cents francs, grâce à vous! — Votre nom, car je ne le sais pas

encore? demande Paul saisi d'un trouble
qu'il ne raisonne point. — Louise... et vous?
— Paul... Votre âge? — Quinze ans bientôt,
et le vôtre? — Quinze ans aussi comme
vous...

Nos enfans gardent le silence. Enfin la
jeune fille reprend : J'ai apporté un violon
que nous avons loué... il est excellent... Au
moment de sortir ma mère s'est sentie si
faible, que cela lui a été impossible. J'ai
voulu venir absolument, moi! Oh! je n'ai
pas peur avec vous...

Paul est ravi; son cœur se dilate. En parlant la petite a posé sa main dans la sienne.
Un feu nouveau, une pensée indéfinissable,
un malaise plein de charmes, une inquiétude
vague, l'agitent. Cette main que la sienne
presse est retenue sans préméditation; ses
yeux sont tournés avec délices vers les yeux
de la petite qui sourit, qui parle gaiement,
qui admire sa toilette, qui se familiarise
avec son *protecteur*... Ah! pauvre Paul! c'est

bientôt, à quinze ans, de sentir battre son cœur...

La journée s'avance; la jeune fille l'observe. Paul avait tout oublié auprès d'elle : Encore un mot, dit-il? — Quoi donc? — Votre père? — Il était lieutenant dans la garde impériale ; il a été tué à Waterloo! — Vous êtes la fille d'un soldat? Oh! si ma mère le savait! — Votre mère, Paul? je la verrai, n'est-ce pas? — Oui... quelque jour... pas encore néanmoins... Enfin, votre mère est demeurée seule? — Avec moi, dans une misère affreuse, sans soutien, sans amis... Bientôt nous tombâmes malades ensemble. On nous porta à l'hôpital. Quand nous fûmes rétablies on nous renvoya. Nous n'avions plus d'asile; pas de pain... ma mère se résigna à mendier.... Elle avait une mandoline dont elle jouait bien quand nous étions heureuses, elle résolut de s'en servir. Nous sortions à la brune; elle chantait en tremblant... c'était pour moi, disait-elle. — Elle ne savait donc point d'autre état, observa

Paul? — Non. Elle avait été trop bien élevée par ses parens pauvres !

Tous deux se turent. Louise reprit tout-à-coup : — La pauvreté ! la misère ! s'écria-t-elle... Oh ! que je voudrais être riche !.. Qu'il est triste d'être pauvre, mal habillée ; de ne pouvoir jamais jouir d'aucun plaisir... et tant d'autres jeunes filles comme moi sont si flattées, si heureuse !

— Pauvre Louise, dit Paul en soupirant.

— Commençons, répondit avec résolution la fillette. Le moment est venu ; la foule s'avance. Oh ! si nous pouvions gagner autant qu'hier !

Notre jeune homme se soumit. Louise, sans émotion, lui offrit l'instrument qu'elle s'était procuré. Il le prit, l'essaya, et bientôt entraîné il préluda en maître, et poursuivit sans suite une quantité de traits, soudains, inspirés, qui sur-le-champ fixèrent l'attention du cercle qui se forma. Dès-lors il se surpassa lui-même, et la collecte se ressentit du plaisir que causait le musicien.

La soirée fut fructueuse. Paul reçut et mérita beaucoup de louanges. Louise, se farda d'un air modeste, recueillit les offrandes avec une décence qui plaisait à tous. Déjà, bien haut, on se donnait rendez-vous pour le lendemain. On admirait la douceur, le bon air, le langage parfait, et la beauté du jeune artiste. La curiosité était vivement piquée. Plusieurs personnes témoins, la veille, de la bonne œuvre de Paul, la répétaient; on se pâmait de surprise à ce trait si touchant de profonde humanité; on se promettait de revenir : En attendant, on se montrait généreux, c'était pour Louise le point essentiel, aussi cette jeune fille remerciait-elle avec grâce, simplicité et reconnaissance, ce qui achevait de tourner la tête à cette foule si difficile à amuser, mais que l'engoûment entraîne presque toujours au-delà des bornes de la sensibilité quand le trait qui l'émeut sort de la ligne commune.

Enfin le concert finit. Paul reconduisit sa

petite amie. Montés ensemble dans l'humble demeure qu'elle habitait, il trouva la misérable mère dévorée d'une fièvre ardente, et qui, remplie d'inquiétude, attendait le retour de son enfant. Vous voilà, dit-elle en les apercevant; ah! qu'il me tardait de vous revoir. Jeune homme, ajoute-t-elle en s'adressant à notre artiste, je suis bien souffrante, je crois que je mourrai bientôt, ma fille restera seule, seule sur la terre... Oh! servez-lui d'appui, de guide! Ne l'abandonnez pas... Mon Dieu! Vous êtes jeune, mais vous devez être vertueux, prenez soin de sa jeunesse, secourez-la; aimez-la comme si elle était votre sœur... Promettez-le à une malheureuse mourante... consolez ainsi ses derniers momens. — Je prends le ciel à témoin de ma promesse, répondit le jeune homme avec ame, j'aimerai Louise et ne l'abandonnerai jamais.

En cet instant la petite s'avança : Tiens, dit-elle d'un accent joyeux à la malade; rassure-toi maman, voilà de l'argent. Nous ne

manquerons plus de rien , va! Nous gagnons
beaucoup! Que je suis contente.

Paul se retira. Son cœur était attristé. Il se
surprenait par fois à blâmer la tranquillité
de Louise. L'aspect de cette mère affaiblie
l'avait ému; il pensait à l'avenir de la jeune
fille orpheline. Que deviendra-t-elle? répétait-il souvent. Et il se promettait de l'aimer,
de la guider, de la soutenir dans sa marche
difficile... Pauvre jeune homme!

Le lendemain il tint parole à l'inconnu du
bois de Boulogne ; tous deux ils se revirent
au lieu même où ils s'étaient déjà rencon-
trés. Réunis, ils s'entretinrent de ce qui charmait Paul : la musique... et puis, plus amis
que la veille, ils furent ensemble s'asseoir
au couvert dressé par le restaurateur de la
porte Maillot. A table l'entretien ne tarit
point. L'étranger prévenait tous les désirs
du jeune garçon, que sa bonté touchait jusqu'au fond de l'ame. Ils passèrent ensemble
de longues heures, et quand, pour Paul,
celle de se séparer eut sonné, il se hâta

de remercier, avec les signes de la reconnaissance la plus affectueuse, celui qui se plaisait
à le couvrir d'éloges, dont son jeune cœur
était énorgueilli. Aussi fut-il, en partant, le
premier à s'écrier gaiement : A demain.....
Puis il courut trouver sa jeune protégée.

Et ce soir, même succès que les jours pré-
cédens. Bénéfice énorme ; reconnaissance de
Louise ; visite à la malheureuse malade ;
protestation d'amitié. Ailleurs, tranquillité
de Marie ; inquiétude vive, mais déguisée,
de la servante Toinette. Ailleurs encore,
accueil de plus en plus amical de l'inconnu ;
qui à chaque instant se disait père, ami, protecteur de l'intéressant jeune homme.

Tout allait au mieux. Les espérances de
Paul ne lui semblaient plus une chimère. A
quinze ans il adorait Louise. Il avait dit,
déjà, à la jeune fille : Je vous aime. Celle-ci
avait répondu en se pendant au cou du jeune
homme, en collant ses lèvres d'enfant sur
ses lèvres brûlantes.

Et les concerts avaient obtenu une sorte

de vogue; la bonne compagnie s'y donnait
rendez-vous. On ne se fatiguait point de cette
promenade au bout de laquelle on rencon-
trait un plaisir si nouveau. Paul semblait un
problême à tous. On le questionnait souvent. Sa réponse était alors simple, émue;
ses expressions concises, respectueuses, plei-
nes de délicatesse. De son côté, Louise,
fière de son protecteur, racontait sa bienveillance, ses soins touchans pour sa mère
expirante, ainsi que son assurance de la protéger toujours... Et Paul, entouré de tant
d'égards, jouissait de tout son bonheur modestement. Rempli de prévenances, il re-
conduisait chaque soir la jeune fille à sa
mère; avant de quitter le logis où il avait
ramené l'abondance, il semait de douces
consolations... Il recevait un baiser de la malade... Un autre baiser de Louise lui était
offert plus mystérieusement...

Désormais le bien être avait remplacé la
cruelle misère dans le ménage de la veuve.
Mais cette femme que d'horribles tourmens,

que le mal de la faim avaient minée, s'étei-
gnait par degrés. Une fois elle annonça son
trépas prochain à Paul auquel elle s'adressait
en secret. Louise avait été éloignée à des-
sein. J'ignore quelle est votre famille, mais
la vertu chez vous est bien au-dessus de l'âge.
Écoutez-moi : Ma fille a besoin d'un guide
vigilant ; moi, sa mère, je vous fais part de
toutes mes craintes. Mon enfant doit être
surveillé avec soin ; son ame est froide, à
calcul, peu sensible. Votre humanité l'a
surprise ; elle vous accorde ce qu'elle est ca-
pable d'éprouver de gratitude ; vous seul
pouvez la diriger, la soutenir dans le sentier
de l'honneur... Il m'est bien pénible de reconnaître dans ma fille un besoin de coquetterie qui m'épouvante... Jugez de mon abandon par la confiance que je vous accorde, à
vous enfant comme elle ; mais je suis si malheureuse, si seule au monde, que je me vois
réduite à me conduire ainsi... à vous confier
ma fille ; à vous montrer mes soupçons...
plaignez-moi... et jurez devant Dieu de l'ai-

mer... de la respecter... de la faire respecter
toujours... Promettez à une mère, jeune
homme, de servir de père à sa fille... Osez
vous jurer de remplir tout ce saint et solen-
nel engagement?

— Oh! oui! oui! comptez sur moi! oh!
ma mère! Ma mère vivez pour nous! Écoutez à votre tour : j'aime Louise... à quinze
ans je l'aime avec l'amour d'un homme. Mais
la passion qu'elle m'inspire peut être avouée
devant l'Eternel que j'invoque, qui connaît
mes pensées... Sachez toute ma vie: je suis
comme elle un pauvre enfant! abandonné
par mes parens, et secouru par la meilleure
des femmes, à laquelle je veux avouer tout,
qui ne me blâmera point; je lui mènerai
votre fille... elle l'aimera comme elle m'a
aimé... Oh! avec de l'honneur Dieu nous
protégera... Mais vivez! prenez courage...
j'aime, j'honore Louise... et si elle m'aime
j'aurai sa confiance; oh vivez!... Son âme
est pure, elle ignore le mal, votre pauvre
enfant... Naïve, elle n'a pu tromper votre

tendresse; vive, gaie, elle ne prévoit pas le malheur dont vous nous menacez! Elle, coquette?... Elle, ne possédant pas un cœur aimant? Oh! si... son cœur est bon... Ah! laissez-moi le penser du moins, la certitude opposée, me rendrait misérable pour le reste de ma vie... Car je l'aime moi! Oh! je ne puis plus cesser de l'aimer!

Paul s'adressait alors à un cadavre. Sans agonie, plus tranquille sur le sort de Louise, la veuve avait fini sa carrière, soignée par un étranger. Quand la jeune fille reparut, son ami crut devoir lui faire, sur le champ, part de cette perte irréparable. Louise versa d'abondantes larmes, elle se jeta sur le cœur du seul soutien qui restait à sa jeunesse: Ne m'abandonnez pas, lui dit-elle en sanglottant.

— Jamais... je vous aime Louise!

Paul ne se sépara plus des restes de la mère de son amie. Il fit prévenir Marie qu'une affaire intéressée le retenait. Depuis quelque temps il avait coloré ses absences d'un prétexte spécieux. J'ai rencontré

un musicien qui m'occupe et paie mon talent, avait-il dit à la bonne femme. Il avait
dès-lors conservé une petite part de ses re-
cettes nocturnes. Marie enchantée avait cru
ce que son fils lui avait annoncé. Elle avait
accepté avec la même joie l'argent qu'il rapportait; de sorte qu'il ne craignait point, en
cette circonstance, de lui occasionner de
trop vives inquiétudes, puisque le conte
qu'il lui écrivait était en tout point des plus
vraisemblables.

Qui ne sait combien il est doux de pleurer
avec celle que l'on aime! Ah! Paul goûtait
dans toute son étendue cette triste félicité.
La jeune Louise, innocente et pure, serrée
sur la poitrine de son ami, pleurait en silence; il la consolait en mêlant des larmes
à celles qu'arracherait le souvenir si récent
d'une mère vivante, pleine de sens, d'intelligence, et morte!... morte là devant eux! Les
yeux des deux jeunes gens se sont attachés
sur les traits de cette femme qu'ils ont vu
s'éteindre. Enfans de quinze ans, ils ont,

pour la première fois, vu et compris la vie et
la mort! l'existence et le trépas! choses im-
compréhensibles!... Elle me parlait, murmu-
rait Paul, dont la bouche s'était fixé sur la
tête de Louise qu'il tenait dans ses bras; oui
elle te recommandait à ma tendresse, Louise,
elle me confiait toute ta vie... je lui promettais de t'aimer... Oh! ce serment est écrit
dans mon ame... Elle semblait m'écouter...
elle m'entendait; et puis plus rien!... tout
est mort... Elle pleurait sur ton sort; elle
sentait son amour maternel; elle raison-
nait avec sagesse; ses yeux brillaient d'un
feu divin... Et un souffle a tout détruit... un
soupir a tout emporté en s'exhalant; sa
bonté pour moi, son amour, sa prévoyance!
Un souffle léger est donc toute la vie humaine?... La vie est bien peu de chose,
Louise... Aimons-nous... soyons vertueux,
afin de connaître le bonheur un moment...
un moment... c'est toute notre vie sur la
terre.

Et l'orpheline, au lieu de répondre à Paul,

le couvrait de caresses plaintives; ses sanglots enivraient le jeune homme d'un bonheur qu'il n'osait exprimer, car il pensait de
Louise : sa mère jugeait mal son ame. Son
chagrin, ses vifs regrets ne sortent point d'un
cœur que l'égoïsme a desséché avant le
temps. Elle mérite mon attachement unique... Je la connais à présent... Cette terrible
épreuve doit effacer jusqu'à l'ombre d'un
fâcheux soupçon! Oh! pauvre Louise!

La nuit entière s'écoula de la sorte. Dans
la pensée de Paul, douce fermeté, amour, igno-
rance, espoir, avenir heureux. Dans la pensée
de Louise, espoir aussi, perspective de liberté, chagrin que les larmes versées en abondance, amoindrissent, appaisent confiance
en son ami, confiance calculée; la jeune fille
raisonne l'attachement qu'on lui porte. Elle
ne peut point encore en deviner la force,
mais son ame s'appuie sur l'ame de celui
qui promet tant. Elle le regarde et se rassure;
elle le regarde et le trouve beau; il la regarde, lui, il la regarde et il l'aime,... il l'ai-

mera quoiqu'il advienne... Louise! oh! combien son cœur d'enfant aime déjà Louise!

A la pointe du jour il a porté l'orpheline, endormie dans ses bras, sur un lit voisin de celui de sa mère. Avant de s'éloigner il dépose un baiser sur le front de celle qui n'est plus; un autre baiser est simulé, par lui, sur le front jeune de celle qui entre dans la vie; puis il sort triste, heureux, l'imagination exaltée, de cette demeure où il s'enseigna l'amour passionné, en priant pour une morte, ou en promettant d'être ami fraternel; il a compris toute l'étendue d'un sentiment qui désormais sera toute sa félicité.

Il ignore ce qui lui reste à faire; il désire une modeste tombe, il veut un simple convoi... il s'informe. Un prêtre auquel il s'adresse lui répond: — La défunte *est-elle* riche? — Elle est morte, Monsieur. Le prêtre sourit dédaigneusement. — Combien voulez-vous *mettre* à cet enterrement? — Je ne vous comprends pas, Monsieur, répond le jeune homme plein d'une mélancolique distraction.

— Abrégeons, s'écrie le jeune et vermeil ecclésiastique. — Daignez me conseiller, soupire le pauvre enfant. — Voici le tarif, dit avec colère, en jetant un papier déployé sur un buffet contenant les vases sacrés, les onctions saintes, et le corps appelé par la consécration de notre sauveur, le prêtre s'habillant pour l'auguste sacrifice qu'il s'apprête à célébrer; puis la sonnette suspendue à la porte de la sacristie, mise en mouvement par un jeune garçon au maintien composé qui précède l'officiant, rappelle la sérénité, la compoction dans les traits, que le lucre, l'avarice, l'égoïsme, la dureté rendaient si repoussans... En s'avançant le prêtre prie l'Eternel. Les mots charité, patience, humanité se succèdent dans son oraison... il n'improvise point au reste. La prière telle qu'il la débite est écrite, apprise comme état... Oh! ces prières-là, arrivent-elles ainsi offertes, jusqu'aux marches du trône du Souverain-Maître, du juge de nos pensées? En vérité je ne le crois pas...

La messe était payée. Messe pour le repos d'une ame!... Mon Dieu, pourquoi les hommes ont-ils jugé convenable de vous *parer* de leurs passions, vous que l'imagination conçoit si grand, si bon, si difficile à courroucer?... Une messe payée! à vous, mon Dieu! Miséricorde!!!

Paul réfléchit, son grand sens s'étonne; le mot argent aux lieux où il se trouve lui semble un blasphème horrible. Sa vie de jeunesse a été pieuse, croyante, exacte; mais la philosophie de Marie a tout abandonné au naturel de son fils adoptif, elle n'a rien prescrit, rien défendu. Paul a marché avec son cœur qui le guide. La religion, comme il l'a entendue, est loin de ressembler à une spéculation, à un trafic. Enfant, il s'est soumis, a obéi, s'est prosterné; jamais il n'a distingué que l'apparence. Sous les voûtes sacrées d'un temple où Dieu commande, il a cru devoir penser que toute basse idée de vie était repoussée comme indigne du maître de l'auguste et sainte demeure... Il s'est

trompé. Il n'avait point encore pénétré dans
la sacristie, l'enfant; la sacristie, sorte de
coulisse où l'homme quitte pour un moment
son rôle de serviteur humble d'un Dieu qui
recommande l'humilité... Pauve enfant! le
prisme s'évapore; il voit un homme où il
avait toujours rêvé la perfection... Il voit un
homme où son imagination pure avait ad-
miré la seule apparence; où sa tête s'incli-
nait, où sa bouche demandait une bénédic-
tion, il ne trouve qu'un homme! Un homme
qui demande le salaire de la prière accordée
à une morte...

Un suisse le tira de sa rêverie profonde.
— C'est un enterrement? dit-il de sa large
bouche avinée. — Oui. — Quel service? —
Simple. — Quinze, vingt, trente, cent francs
ou plus. — Quinze. — Ça sera maigre! —
Je donnerai le surplus aux pauvres.

Et le suisse, ivrogne qui doit déjeuner au
cabaret, se hâte; il prend note.

Paul se sauve. Désenchanté, ils ont tué sa
foi. Il accompagnera le corps de la défunte,

c'est un devoir; mais aussi c'est pour jamais !
Dieu par tout à l'avenir !... pas plus à l'église
qu'ailleurs !

Il est rentré. Louise repose toujours. Le
jeune homme s'empare de plusieurs papiers
constatant l'état de sa jeune amie. Quelques
personnes du voisinage se présentent. Les
formalités sont toutes remplies...

La journée entière se passe dans les larmes...

Le lendemain on enleva les restes de la
malheureuse femme. Paul suit le char funèbre... Seul il le suit... Mais il regrette avec
sincérité et pleure...

Le jour suivant, Louise a parlé de reprendre séance : On nous oubliera, dit-elle, si
nous tardons trop à reparaître.

Louise! s'écrie le triste jeune homme, déjà
de la musique... des chants... Une apparente
joie !...

13.

Ici ma muse scrupuleuse va prendre une petite
liberté. Ne tremblez pas lecteur, ma muse
promet de ne point oublier la décence.

SCHILLER.

Ma chère, tu exécuteras de point en point
ce que je prescris ; il le faut. — Nous verrons ! — J'exige absolument. — Nous es-
saierons. — Je veux ! ou je te chasse. —
Alors...

La grosse femme rit ; son rire est affreux d'obscénité. Son œil fauve glisse et ne s'arrête point. Mille pensées de crimes , de bassesse , se lisent dans son regard où l'ironie se mêle à la plus noire malice. Elle semble se complaire à tourmenter ou à contredire.

— Vous me chassez ! En êtes-vous tout-à-fait le maître ? *Madame* , il est vrai , par suite de grands malheurs s'est vue forcée de vous céder sa maison , qu'elle continue de gérer néanmoins... Vous êtes né pour réussir vous ! l'argent vous tombe à flots. Les plus jolies filles de Paris , que notre gêne d'un moment avait fait déserter , reviennent et ramènent la fortune... Mais , en vérité , qui connait ici le moyen de gouverner... le seul moyen de maintenir l'ordre , la discipline , la décence de langage et de forme ? Madame Destinville a l'habitude de la représentation , j'en conviens ; ses manières sont nobles ; elle plaît... Ce n'est pas tout ! ce n'est même guère relativement ! Jeune fille , je fus perdue , déshonorée , comme disent les prudes et les sots ; j'ai passé ma longue carrière à juger, à éprouver, à perdre à mon tour ; j'ai sçu effacer les scrupules... Que diable! on m'avait lancé dans le précipice, j'ai attiré à ma suite toutes celles que j'ai pu séduire. On m'avait crié : de l'or, des plaisirs !... J'ai répété de l'or, des plaisirs ! et je n'ai pas trouvé de récalcitrantes.

— Tu es une bien grande misérable, observa le second de la vieille en riant aux éclats. — Et vous, monsieur Miller, le notaire le plus hardi, le plus gai, et le plus vicieux de la capitale. — Terminons, tu vas te mettre en campagne. — Vous dites la jeune fille orpheline ? — Oui. — Le jeune homme ? — Me connait... Il me vénère ; il chante comme un ange ; il est beau comme Alcibiade. — Et vous le regardez avec les yeux de Socrate ? — Tais-toi, savante. — Ah! ah! ah! saint député de la sainte droite ; élève digne des saints jésuites qui vous pardonneront, et pour cause, vous serez satisfait; la petite viendra se joindre à notre charmant troupeau. Mais soyez prudent pour votre part... Réfléchissez... — Silence ! — Voici madame...

En effet, une femme entrait dans le salon. La taille de cette nouvelle venue, un peu courbée, ne conservait pas moins un prodigieux air de noblesse et de dignité. Elle montrait cinquante ans, peut-être, alors. Sa mise était riche, convenable à son âge, de bon goût, et surtout remplie de la plus exacte modestie. Son salut, en s'offrant aux regards du notaire Miller, fut amical, simple, sans prétention : Bonjour, Monsieur, vous dînez avec moi... j'ai donné l'ordre de servir de bonne heure... Je conduis ce soir à l'Opéra, en grande loge, les plus jolies de nos dames. — Elle offre sa main en terminant sa gracieuse invitation. — A propos, reprend-elle, vous avez reçu mes notes. Le mois dernier a été excellent. Votre bénéfice est double de celui qui avait précédé. — C'est à merveille, Madame, je reçois vos comptes, je les approuve sans les lire... Votre probité,

votre délicatesse, me sont connues, ainsi
qu'à toute la France. — Vous êtes aimable...
entrons chez moi.

Elle reçoit un sourire, qu'elle rend plein
de douceur; puis le notaire passe son bras
sous le bras de la dame, familièrement; ils
sortent. La vieille servante rumine seule,
hoche sa hideuse tête, grommèle sans suite,
et court vaquer à ses ignobles occupations.

Arrivés dans un boudoir d'or, de bronze,
de marbre, d'albâtre et de soie, madame
Destinville se couche à demi sur une otto-
mane. Miller s'étend sans façon sur une
chaise longue : Ils semblent réfléchir. J'ai
parlé à votre énorme Gertrude; elle s'avisait
de faire des façons. — Folie! dit légèrement
la dame gérante. — Aussi l'ai-je vertement
semoncée! Mon ami Blunt a rencontré la
jeune fille en question... Son caprice est décidé; il la lui faut. De retour à Paris depuis
un mois à peine, sevré en voyage apparemment, il veut... Vous savez s'il est généreux.
Maître de l'immense fortune de son gendre,

qu'il gouverne ; adoré de sa fille, lady Derby,
il sème l'or... Vous comprenez, Madame ! —
— A merveilles ! — Quant à moi... — Assez,
rien de plus facile... Nous arrangerons tout
ceci au grand contentement de chacun. Elle
est donc fort belle cette petite, mon ami ? —
Non, rien de remarquable : un air singulier,
décidé, mutin ; une prodigieuse hardiesse.
Son regard est provoquant, il fixe, il parcourt, il aime l'argent, et je m'y connais. —
Le jeune homme, mon cher ? — Oh! beau!
beau à surprendre, ma chère amie ! — C'est
fort bien, donc !...

Ici *Madame* agite une sonnette d'argent.
Un valet en livrée s'avance et salue profondément : Servez, laisse tomber d'un accent
bref sa patrone. Le laquais s'incline de re-
chef et se retire.

— Nous aurons bonne compagnie, mon
ami, reprend la Destinville en déployant un
éventail d'écaille incrusté d'or, des femmes
charmantes d'abord, et spirituelles ; les hom-

mes vous enchanteront; ils sont tous étrangers.

Elle se lève. Le notaire présente sa main. Ils se dirigent à travers de beaux appartemens remplis de servantes occupées à terminer vingt toilettes de jeunes et belles filles. Ces dernières badinent entre-elles, rient aux éclats, se poursuivent joyeusement, folâtrent, se mirent ou chantent. On passe sans jeter un seul regard à cet essaim qui bourdonne la joie folle, que l'avenir n'occupe pas, qui ne sait de l'existence que le jour commencé, et qui, grâce à l'adoration qu'il fait naître, à l'encens qu'il respire, se surprend à plaindre la destinée ou la sottise des femmes d'une autre nature qui vivent sans plaisir, sans flatterie, sans parure éclatante, et sans repos agité.

On est arrivé au salon *d'honneur*, pièce immense et toute garnie de personnages chamarrés. Ici des croix, des rubans, des décorations au cou, au genou, sur la poitrine ou à la boutonnière. On se présente élégamment les uns aux autres; on se salue avec politesse; on attend encore néanmoins.

Enfin, à un signal convenu, les jeunes filles parées, éblouissantes de fleurs, de diamans, d'étoffes précieuses sont introduites. Sans dire mot les convives de *Madame* s'approchent, regardent, toisent, hésitent, se décident. Les choix sont terminés, les couples se sont réunis, et le surplus des sultanes, sans témoigner ni plaisir ni peine, rentre au sérail en attendant...

On est à table. Grande chère, vins exquis, obligeance de la patronne, propos délicats. On se croirait au festin d'une princesse, tant on se témoigne d'égards réciproques, de complimens sans afféterie, et de bienveillance. A chaque moment ces mots résonnent et remplissent l'hôtel d'un parfum de respect imposant : Monsieur le duc... Monsieur le marquis... Prince... Altesse sérénissime !...

Et tout bas les jeunes filles qui savent le prix de leurs attraits, de dire toi à l'oreille de ceux que ce respect à haute voix ne rend pas plus morgués. On raconte des historiettes. Quelques jeunes nymphes se hasardent à jeter dans l'entretien une réflexion agréable, ou fine, ou piquante. On applaudit à la saillie ; et puis on verse du Bordeaux, du Chypre, du Malvoisie, du Champagne...

Au dessert, le luxe du service est d'une richesse infinie : l'or pur, le vermeil, la porcelaine de Sèvres ornée de peintures délicieuses, la nacre, brillent de mille rayons. La maîtresse qui préside est remplie, au milieu de son cercle, d'aisance et de laisser-aller. Elle offre à chacun. Son offre est gracieuse, sans apprêts, sans ostentation. Elle commande à ses gens avec patience, dignité ; on lui obéit avec respect et sans bassesse... Ceux qui assistent, pour la première fois, à cette réunion s'émerveillent. Là, rien qui rappelle le vrai de la chose. Le fond de tout cela est une turpitude infâme ; la forme est parfaite. Dans ce repaire du vice effronté, on semble respirer les émanations de l'honneur, des bonnes mœurs, et de l'usage du plus grand monde.

On est rentré au salon. On forme un cercle. Le maître-d'hôtel, vieillard dont la figure est vénérable, se présente suivi de plusieurs valets. Le café est offert; des liqueurs excellentes sont servies... On se tait. On déguste le divin moka, on le savoure, on s'appesantit; la réflexion semble régner un instant en des lieux, d'où elle est sévèrement bannie d'habitude.

Puis on rend sa tasse vide. La conversation se ranime. Une jeune femme s'empare d'une harpe; on l'écoute en parlant à basse voix; on applaudit légèrement; et puis on élève le ton, on se mêle, on se lève, on s'éloigne, on se rapproche.

Enfin les groupes se forment; on est alors plus communicatif. Bientôt les tête-à-tête se dessinent. Jusque là tout a été tacitement convenu; maintenant on s'explique sans niaiserie, sans feinte, sans détour. *Madame* s'est avancée : pour chaque couple elle a un

mot ferme, un avis, un conseil. Plus d'un
cavalier se montre surpris des conditions,
mais on passe, on s'adresse à un suivant, et
le mot conditionnel est encore prononcé sans
gêne...

La Destinville a reçu les engagemens.
Tous les cavaliers sont appelés à tour de
rôle; les jeunes filles suivent sans émotion.
Le salon se vide. La recette est belle. L'é-
quipage de l'entremetteuse est attelé. Elle se
rajuste avant de descendre; s'applique une
couche de beau rouge, fait monter les élues
qui doivent l'accompagner ce soir là.... part
au grand trot de ses superbes chevaux, et
arrive en un clein d'œil au péristyle du théâtre. Sous le vestibule elle et ses nymphes s'a-
vancent, la tête haute, la démarche noble et
fière. Des jeunes gens pourtant se jettent
effrontément sur leur passage, les entourent, les toisent en silence, et s'esquivent
en riant aux éclats : La Destinville et sa
cour !...

La Destinville avec sa cour est parvenue

jusqu'à sa loge de face. Le spectacle est commencé depuis longtemps ; le dérangement, le bruit de son entrée ont attiré sur elle tous les regards... L'affaire est faite ; un billet est remis à l'une des syrènes.... L'entr'acte amène un flot d'élégans dans le couloir... Autre poulet reçu.

On se retire avant la fin du balet. Le carrosse est rempli complètement : deux nouveaux venus accompagnent les dames....

Pendant l'absence de l'entremetteuse tout s'est passé avec ordre au logis de la joie. Chaque couple s'est casé. Les servantes se reposent ; d'autres attendent... Quelques parties isolées se décident. Gertrude reçoit et conduit ; elle vante et affirme. Ici encore un tarif : tant la brune presque neuve ; tant la jolie fille presque chaste ; tant la blonde presque bête ; tant la noire presque spirituelle... Décidez-vous : vingt ans, quinze ans, trente, quarante... nous avons de plus un enfant qui n'a pas atteint son troisième lustre ; mais le père de la jeune fille a tout perdu

au jeu de la roulette, il loue sa petite, il en
tire des masses énormes d'argent... Car l'enfant est vraiment adorable, ajoute l'infernale
matrone, morceau de vieillard... friand,
soigné, aimable, et toujours plein d'innocence... C'est ici ce que nous nommons : *le
léger agrément*... Comprenez-vous?

Plus loin, dans un cabinet écarté, feuille-
tant un registre, additionnant de longues
filles de chiffres, le notaire Miller s'occupe
activement. Son travail lui plait. Du gain,
d'énormes gains, des bénéfices prodigieux
lui sont dévolus; il ne néglige aucuns détails.
Miller est un homme soigneux Il entreprend
tout; tout est beau quand on prospère. Le
notaire prospère; il s'enrichit à millions; il
est heureux ! Il aime la vie, les joies, toutes
les joies possibles... Il s'en entoure, il en
jouit... Et malgré bien des chances délicates, il se conserve pur; il a ce que l'on
nomme de la probité... Cela est possible, apparemment... La probité peut donc marcher
sur la ligne du vice sans broncher?... Appa-

remment ... Cela est vrai... Cela pourtant est
drôle!...

Or, il a calculé. Pour peu que cela dure
sa maison Destinville lui vaudra, net, cent
mille francs par an. Il y veut faire encore
quelques augmentations importantes. On
peut innover dans l'espèce... Il y pensera...

Le temps s'écoule. La porte du cabinet est
ouverte : Ah! c'est toi, mon cher Blunt,
s'écrie-t-il en ouvrant ses bras.

Le nouveau venu l'embrasse, s'assied. Ils
causent ensemble de bonne amitié : On s'occupe de ton affaire, mon ami. Cette Louise,
on sait son nom, te tient donc singulièrement
au cœur ? — Pas du tout, répond l'ami du
notaire ; elle me plait, elle est passable, elle
est fort jeune. — Libertin ! A propos, et la
comtesse Derby ! — M'assomme ! Com-
prend-on une passion aussi tenace en faveur
d'un vieillard ? — Bien conservé, mon cher.
Et le lord ? — Oh! son amour est le même ;
il idolâtre sa femme. Et ce qui me soutient
avec quelque courage, c'est le plaisir de le

tromper. — Lui! vraiment. La folie de Juliette ne lui inspire point de soupçons? — Aucuns; il admire, pour moi, la tendresse filiale de sa chaste moitié! — Ah! ah! ah! Et Marie? — Tu dois savoir mieux que moi, toi son homme de confiance?... — Je ne l'ai pas vue depuis sa ruine... Si fait, ma foi, j'y fus un jour... Elle végétait. — Et l'enfant? — Je ne le connais pas... Il y a des années que je ne l'ai apperçu.

— Nous aurons à souper ce soir ici, j'imagine? reprit Blunt après une courte pause. — Souper et bal, mon ami, telle est la coutume à présent. Oh! j'ai replacé la maison sur un ton plus élevé; madame Destinville est au spectacle. En attendant son retour, je veux te présenter à nos jeunes recrues.

Il sonne : Amenez-nous des femmes, dit-il au valet qui se montre.

Et puis il reprend l'entretien interrompu.

— Vous avez eu le temps de visiter l'univers entier dans vos courses vagabondes,

mon cher Blunt? — L'Italie, l'Allemagne,
l'Angleterre, la Russie... En Italie, j'ai vu
des femmes délicieuses. — Toujours, toi!
— Lady Derby me gênait beaucoup, je dé-
sirais bien vivement revoir la France, Paris... Ce soir *mon gendre et ma fille* assistent à une soirée de l'ambassadeur d'Angleterre... j'ai refusé de les accompagner...
Mais nos femmes se font bien attendre?

Elles arrivent enfin. Blunt appuyé sur un
fauteuil les regarde toutes, froidement, les
unes après les autres, fait un signe à son ami,
s'éloigne et sort en silence.

— Aucune de celles-là ne me plaît, dit-il
avec humeur.

— Soyez le bien venu, monsieur Blunt,
s'écrie à sa vue l'obligeante Destinville qui
descend de voiture et se rend chez elle en
traversant la pièce où les deux amis se sont
arrêtés — Madame, répond d'un accent bref
celui auquel elle a offert son gracieux salut
qui n'a point été remarqué, je veux mieux
que ce qui vient de m'être présenté... Plus

jeune surtout... — Plus jeune, mon cher Monsieur?... attendez!..

Elle s'éloigne à ces mots. Bientôt Gertrude se fait entendre. Suivez-moi, dit-elle à Blunt.

Miller a souri : Vas, mon ami, je devine la surprise qui t'attend.

Et la grosse matronne se dirige à travers le dédale de chambres grandes et petites qui composent l'immense hôtel de la Destinville. Blunt la suit avec humeur. A la fin une porte est ouverte. Il est introduit. Un ange de jeunesse, de fraîcheur, se laisse entrevoir sous les doubles rideaux qui la couvrent en partie. Mollement assise sur un canapé, elle joue, l'infortunée, aux jeux que préfère son âge d'enfant. Mille objets de distraction l'entourent. Blonde, mince, élégante, à demi-nue, elle ne rougit point à la vue de l'homme qui la voit, qui l'admire, qui à son aspect sent naître ses affreux désirs... Elle sourit... sourire d'étude... Bouche délicieuse entr'ouverte, lèvres pures et rosées, dents fines et

transparentes, gencives délicates d'un enfant!....

Avant de se retirer, Gertrude glisse avec
autorité un mot que Blunt n'écoute point.
Ses regards dévorent les attraits à peine in-
diqués de la jeune fille. La matrone la main
sur la clef et prête à s'éloigner, renouvelle
son observation. Un geste sec lui donne l'ordre de partir...

Elle se soumet.

L'enfant et l'homme sont en présence.

Mais ailleurs la maison est livrée à ce que
le plaisir peut offrir de plus vif, de plus
bruyant, de plus animé. Des jeunes gens sont
admis indistinctement. Toutes les commen-
sales de l'entremetteuse, en toilettes légères,
tourbillonnent déjà dans les salons. Deux
pianos sont découverts. Quatre mains exer-
cées jouent les contredanses les plus nouvelles; on s'élance, on s'unit, on danse avec
ardeur; on soupera à trois heures du matin, il n'est que minuit...

Encore là, madame Destinville préside et

gouverne. Elle arrête les éclats trop peu contenus d'une folle jeunesse. Elle s'exprime
avec fermeté. Son abord impose; on ne s'en
rend pas compte! De brillans militaires se
soumettent à être plus sages, plus réservés,
moins bruyans!... On joue ailleurs, on perd,
on gagne des sommes immenses... Les gagnans
seront généreux; les perdans ont payé d'a-
vance leur admission, qu'il jouent donc à
leur aise!

Un seul individu arrivé dès longtemps,
personnage chargé d'une prodigieuse obésité
d'un poids écrasant de plaques étincelantes,
de pierreries inestimables, s'entretient d'affaires avec la patronne de retour à son siége:
Tes filles sont jolies, j'en ai reçu *dix* en moins
de deux heures; mais avec elles rien de piquant, d'imprévu, d'original! En vérité, mes
esclaves russes sont préférables en tout point.
Tes femmes sont sottes, grimacières, froidement lascives; elles exécutent *leurs exercices*
avec trop de précision... Procure moi quelqu'autre chose, quelque chose de plus en

dehors, de plus réchauffant, quelque chose
enfin qui se lie à moi, qui me ranime... Le
peux-tu? J'irais ailleurs... — Aller ailleurs!
vous me déshonoreriez cruellement, Monseigneur! On sait la préférence que vous avez
accordée à ma maison, s'écria l'entremetteuse
rouge de dépit; aller ailleurs! Oh! je défie
que rien ailleurs soit mieux, aussi bien... je
verrai les *dames* que vous avez reçues.... je
verrai ce que nous pouvons offrir à votre
excellence, en tous genres... Ailleurs!... moi
qui ai joui de l'honorable confiance de tous
vos princes! L'empereur Alexandre et son
frère, si difficiles a contenter...

— L'empereur Alexandre, dis-tu? riposta
le gros père en riant aux éclats... Alexandre
le saint!... ici... chez toi?

La fine et délurée Destinville se remonte, elle a trouvé moyen de calmer l'ire du
prince, elle se remémore... elle sourit gra-
cieusement. — Désirez vous cette histoire,
Monseigneur? — Sans doute, hâte toi, raconte, je le veux!

— Voici donc! elle se lève, appelle un valet : Servez un sorbet à son excellence monseigneur le prince Kourakin, Julien...

Puis elle se rassied. On continue de danser dans les salons, de se réjouir, de se poursuivre; on se permet de hautes et bruyantes clameurs on s'amuse à son aise, à son gré, plus ou moins follement, pendant que la patronne, qui doit ménager le grand-seigneur, laisse aller... et débite son récit.

« Un soir, dit-elle, une jeune grisette traversait rapidement un boulevart éloigné. Deux hommes sortaient en cet instant d'un petit théâtre. La fillette étourdie s'élance en courant sur l'un des individus qui venaient au devant d'elle. Bien honteuse, elle adresse naïvement des excuses... on la regarde, on la rassure, on s'informe : Ouvrière, je rentre dans ma chambre.

» Le minois est séduisant, le langage est tout simple: Où donc est votre logement? demande l'un des inconnus.—Oh! bien loin, Messieurs!—Que faisiez-vous dans ce quartier? — Je suis venu rendre de l'ouvrage.

— Permettez-nous de vous accompagner?

— Je devrais vous le défendre plutôt... mais vous avez un air si honnête!... et puis j'ai bien peur, seule, le soir dans les rues... on peut être insultée...

« Celui qui a engagé l'entretien s'enhardit à prendre le bras de l'ouvrière; celle-ci, après quelques façons, accepte... Tous trois ils marchent, et le cavalier, courtois, poli, aimable, débite de longs complimens à sa gentille compagne. »

La Destinville a fait une pause. La péripétie est venue, elle la veut ménager... Tout-à-coup un cri aigu attire son attention. — Qu'est-ce que cela, demande le prince, en mettant dans l'une de ses poches, la main qu'il retire armée de deux pistolets en miniature. — Oh! rien, répond l'entremetteuse sans émotion; un cri de joie sans doute...

Le prince pose ses *délicieux bijoux*, sur son fauteuil, couverts par l'une des basques brodées de son ample habit, puis il écoute encore...

La Destinville reprend :

« Or donc, nos étrangers conduisaient la piquante fillette; en route on se lia, on s'entendit; d'abord l'ouvrière se défendit avec vigueur; puis elle céda; on vint à mon logis... j'attendais... — Vous attendiez? — J'attendais, Monseigneur...

» On conduisit les nouveaux venus dans une mansarde, meublée simplement, grande propreté d'ailleurs... — C'est ici votre demeure? — Oui, Monsieur.

» Puis le plus galant dit un mot à son compagnon, dans une langue étrangère. Tout en hésitant, l'ami de l'amant partit, et bientôt le couple se rendit heureux, tellement, que le lendemain soir le galant revint... et tous les soirs depuis, pendant un mois.

» Enfin il cessa de venir. Il assistait, voilà ce que j'appris à l'instant même, il assistait, dis-je, à une brillante soirée donnée par *Talleyrand;* la chaleur était suffocante. Une femme se trouve mal, on l'entoure, elle s'évanouit...

» Le galant s'élance, car il fait de la galanterie une étude particulière... Il porte sur
lui un flacon miraculeux. A sa vue chacun
se retire avec respect; il se courbe, fait usage
de ses sels, la dame revient à la vie: Grand
Dieu ! s'écrie-t-elle.

» Le galant confondu a reconnu sa grisette,
sa surprise est au moins égale à celle de la
duchesse de S.... Quoi? vous? — Oh! rien
silence! silence!

» Le galant revint alors. Il me gronda car
ce fut moi qui le reçus à son retour; il m'expliqua qu'il était fatigué outre mesure des grandes dames, il me fit jurer de ne le plus tromper,
de les remplacer par de véritables fillettes...
Je promis et tins parole, comme peut le croire
votre excellence.

» Ainsi donc la pauvre duchesse perdit tous
ses attraits en reprenant son titre. L'empereur Alexandre s'en expliqua formellement
chez moi. Du reste la dame s'en consola

assez tôt. Grisette, elle avait eu le grand-duc
Constantin; grisette, elle eût après le grand-
duc Nicolas; grisette, comme vous venez
d'entendre, Monseigneur, elle posséda votre
sublime empereur... Le seul Michel lui
échappa, de toute cette auguste famille; il adorait une servante d'auberge, décrassée depuis
peu, fille dans l'infâme repaire de *la Levéque*,
qui nous flétrit par l'obscure prostitution,
par la publique débauche qu'on affiche chez
elle..., et...

Ici nouvelle interruption. Des cris redoublés se font entendre. Kourakin reprend un
de ses pistolets qu'il arme; la foule des danseurs se précipite vers la maîtresse de la
maison.—Qu'est-ce doncMadame? on égorge
quelqu'un! s'écrie un jeune officier de bonne
mine. — Rien! une plaisanterie, répond
l'impassible femme.

Mais le militaire, après s'être emparé de
l'arme que dandine l'excellence, s'enfuit,
ouvre plusieurs portes avec violence, se dirige en hésitant néanmoins... Les cris ont

cessé... Il s'arrête... il attend... Un sourd gémissement parti d'un lieu voisin le met sur
la trace.... Il ne balance point à faire disparaître toutes les barrières qui gênent son
passage...

Enfin, il est saisi d'horreur à l'aspect d'un
effroyable spectacle. Entré dans un logement
retiré, il aperçoit un homme furieux se livrant aux actes de la plus effroyable violence... Une enfant est sa proie... Vaincue
par la frayeur, cette malheureuse créature
se débat encore...

Le jeune homme s'élance : Monstre! s'é-
crie-t-il; puis d'un bras vigoureux il sépare
la victime du bourreau qui la tue... Monstre
infâme! une enfant! Oh! déshonorer une
enfant!... une enfant!

Il tremble de rage, le brave militaire; il
sait ce qu'un homme peut s'accorder de liberté dans la vie, mais une enfant! Oh!
crime! Oh! assassinat! hurle-t-il en menaçant.

Surprise sans exemple! cette enfant, ras-

surée , accourt vers son libérateur. — Mon
frère ! mon frère !...

Pendant cela Blunt s'est éclipsé, le ressenti-
ment dans l'âme. L'officier attéré, éperdu,
se tait : Mon frère ! O mon frère, répète la
pauvre petite fille.—Toi ! O ciel ! horrible vision... Toi, ma sœur ! Toi, la moitié de mon
sang ! Toi, l'enfant de ma mère , nourrie par
notre mère.... ma mère ! ta mère ! Toi, nue,
entre les bras d'un homme ! ici, où l'on
paie.... où l'on se vend ! Ma sœur ! ma sœur !
Petite enfant encore !.. Ma sœur... Oh !... —
C'est notre père qui le veut, prononce à
basse voix l'infortunée. — Notre père ? —
Oui.... Je lui donne l'argent.

C'est tout. L'officier ajuste son arme sur
la tête de sa sœur perdue à douze ans.... Il
se tait. Ses muscles se contractent; ses lèvres
se couvrent d'une écume sanglante... Il ajuste
la tête d'ange de l'enfant.... Pauvre enfant !
Le coup part.... La jolie enfant n'est plus....
Sa tête est broyée, sanglante... C'est une
chose horrible à voir que ce cadavre chaud,

défiguré, d'une pauvre petite fille tuée... et pourtant son frère regarde.... il se rassure : Plus de vices, murmure-t-il... elle est morte... Que ne puis-je la porter ainsi, sanglante, horrible, à son père !... Mon père! Mon père, je vous maudis!

Il se déchire; il appelle le trépas... Hors de raison, il lance sa tête sur l'angle d'une cheminée... et la mort lui échappe... Assassin de sa sœur, il vivrait... Sa sœur prostituée à douze ans!

Mais un couteau frappe sa vue; arme fragile, élégante, jouet de l'enfance, qu'il essaie sur sa poitrine... Impossible... Qu'il essaie sur sa gorge...Impossible...Alors éperdu, fou, il se frappe avec violence.... Il souffre, il voit son sang couler... il tombe, il expire d'horreur plus encore que des blessures sans nombre dont son corps porte les sanglantes traces.

Mais l'explosion du pistolet a raisonné en longs échos dans la demeure joyeuse. Chacun arrête son élan ; on cesse de se livrer au plaisir exalté; on s'interroge. La Destinville, si maîtresse d'elle, ne déguise plus une émotion que sa pâleur a rendu plus apparente. Néanmoins elle se surmonte. Le prince Kourakin s'est levé rempli d'agitation, et a dégaîné un superbe poignard. Jamais il n'entre dans ces lieux, où du reste il passe une grande partie de son temps diplomatique, sans apporter, comme principe ou motif de sûreté, ces armes admirables, bien trempées, enrichies, qui maintiennent le respect dû à ses riches atours... Il lui faut pour être heureux, au digne homme, des filles libres et des diamans... Ses diamans et ces filles libres sont difficiles à accorder. Mais son moyen est beau. Il surveille ses diamans qu'il aime en gardant, devant les prostituées qu'il aime, le poignard prêt à punir celles ou ceux qui voudraient séparer les objets de son double amour.

Cependant au bout d'un instant tout est rentré dans l'ordre le plus parfait. Gertrude a paru, s'est avancée vers sa patrone en riant. —

Que se passe-t-il, dites-moi? — Une ga-
geure, Madame... La plus timide de nos demoiselles a parié qu'elle chargerait elle-même
un pistolet... — Je comprends... — Voici
celui dont elle s'est servie avec tant de courage..... — C'est bien.... Remettez-le au
prince.

La grosse matrone s'éloigne. La Destinville la rappelle, mais avant qu'elle ne se soit
retournée, elle a elle-même quitté son fauteuil. — Gertrude! Gertrude! attendez-moi
donc!

Et de l'air le plus naturel, en élevant ses
épaules, en souriant, elle suit son affreuse
servante; elle quitte le salon.

Réunies dans une antichambre, les malheureuses s'expliquent librement. — Un
double malheur est arrivé : la petite Hor-
tense est morte assassinée par son frère, le
jeune Casimir de Saint-Cyr. — Enfin... l'assassin s'est-il évadé au moins, Gertrude? —
L'homme s'est suicidé. — *Bon Dieu!*

Après cette exclamation, elle réfléchit

l'entremetteuse.—Mes chevaux, dit-elle avec vivacité.

Gertrude va obéir ; Blunt paraît. — Ah ! vous me perdez, Monsieur, s'écrie la Destinville. Que faire ? — Madame, voici le prix convenu, répond d'un accent aisé l'homme blâsé, l'infâme qui a causé l'horrible catastrophe. Il présente l'or qui est accepté, puis avant de sortir : Songez à la jeune fille orpheline... il me la faut. Il disparaît.

— Brigand ! s'écrie l'horrible Gertrude. — Faites venir Miller ; ordonna sa maîtresse ; mais précisément le notaire se montra toutà-coup. Il rit encore, mais son regard est effrayé. Contre son habitude ; le mot plaisant lui échappe. — Eh ! eh ! eh !... nous voici couchés dans de beaux draps, ma chère.... Diable ! ceci va tonner à gros bruits, à terribles éclats !... On finira par découvrir... Alors confiance, quiétude, idées de plaisir, effacées à toujours... Oh ! oh ! et moi ! mon nom mêlé dans tout ce tripotage... Ah ! ah ! ah ! deux morts ! le frère et la sœur. Episode

délicieux ailleurs, Destinville, ma mie....
Ici... Ah! ah!... ici...

On apprête ma voiture, Monsieur, répond
la dame en pensant, l'œil en l'air, les mains
calculant une chance, le corps plus droit
que de coutume. Vous m'accompagnerez.
— Où donc? — A la police... mes amis...
— Tes amis, ma chère! en vérité? oh! oh!
oh! t'es-tu cuirassée d'or?... L'affaire est
grave... Le coquin de père, homme a tout
faire, nous dénoncera lui-même... rapt et
viol! rien que cela... hi! hi! hi!... Il n'avouera
pas, tu l'aurais dût comprendre, fine mou-
che que tu es, son infernal trafic... Il porte
un nom... hé bien?

La Destinville est vaincue. Bientôt elle
lance à son *chef* un sourire de satisfaction.
— Au bout du compte, je m'en lave les
mains, et sortirai de là sans peine, car je
ne suis, à vrai dire, observa-t-elle, que votre
gérante, et comme telle absoute de plein
droit.

— Oh! oh! coquine, dit encore l'honnête

et bon Miller stupéfait. — Pas d'injures de grace, riposte l'entremetteuse; pas de mots fâcheux... j'y suis peu faite... Voyons! qu'allons nous décider... le temps est précieux...

— M'y voilà pardieu! vos chevaux tout de suite! vos chevaux, Madame, sur le champ!...

Ils se taisent; ils sont avertis; ils descendent à petit bruit; le valet de confiance a ouvert la portière. Complètement enveloppée, sa maîtresse se place dans le fond de l'équipage, le notaire suit... Ils partent : rue du Regard, dit-il avec distraction... Le cocher fouette... ils galoppent... ils arrivent... ils sont devant un hôtel de brillante apparence.

Le laquais a frappé... il refrappe... un suisse ouvre le guichet de la porte cochère. — Qui demandez-vous ici, à deux heures du matin? grogne-t-il de cet odieux accent de suisse en colère, et réveillé à moitié ivre. — L'abbé de F... — Qui êtes vous? — Le notaire Miller, député de....

Le suisse à sa liste qu'il va consulter; il reparaît, il ouvre, il introduit le député bien pensant et sa compagne.

On monte, on est admis; l'abbé s'émerveille d'abord. — Qui me procure l'honneur de vous recevoir si tard? demande-t-il en souriant. — Je vous présente un million d'excuses, répond Miller. — Oh! rien!... je priais, je lisais... qu'elle affaire vous amène enfin?

Miller s'explique. L'abbé écoute avec attention, froidement, point ému : Nous allons sortir, je connais vos principes, M. Miller; Madame?... — *Pure* et *dévouée*, s'écrie le notaire...

— Vous avez votre voiture, observa le prêtre après un silence. — Celle de Madame, répond Miller. — C'est parfait...

On va descendre. Le député et l'ecclésiastique s'entretiennent un moment en particulier. Miller semble prendre un engagement que l'autre accueille avec démonstration de vive allégresse. Leur confidence est plus in time. Galant, M. de F.... offre sa main à la Destinville. Celle-ci remercie par une fort noble révérence. Ils se sourient l'abbé et l'entremetteuse : Vous pouvez nous servir utilement, Madame. — Je suis à vos ordres, Monsieur. — La cause du Dieu que j'adore ne peut être souillée par ce moyen. — J'obéirai. — Votre situation en cet instant est pénible, je vais vous rendre le repos. — Oh! quelle reconnaissance...

On est arrivé en pestant au péristyle devant lequel le carrosse de la Destinville s'est rangé.

— Aux Tuileries, s'écrie le prêtre, puis il lève les stores, s'explique, rassure, promet. Miller s'acquittera. Sa fortune est immense. Nommé depuis peu à la législature, il s'engage à voir, recevoir, soudoyer, parler de la dîme, de la religion, de la monarchie... il sera droit, quand même... sous le commandement de chefs qu'il ne connaît pas encore, mais qui lui seront nommés en temps opportun.

On est au guichet du pont Royal. L'abbé s'adresse au portier qui le connait, et se baisse en se signant; il se hâte d'avertir les gens d'un autre abbé qui prélude à sa puissance future. Les deux abbés et Miller, en tiers, ont un colloque animé. Là encore, Dieu brochant sur les choses d'ici bas. Le député n'est pas un sot; il devine ce que l'on tait. Mais il est engagé... il ne reculera pas...

L'entremetteuse, bien cachée sous son voile, attend dans un salon voisin. On vient la rejoindre; on s'occupe de toute autre chose que de l'idée de la convertir. Enfin on est assuré d'un secret impénétrable. Tout le monde s'est engagé. Miller parlera dans le sens voulu, il choiera les amis et frères. De leur côté, les puissans abbés protégeront la maison de la Destinville. La Destinville s'acquittera par un espionnage pieux, largement organisé...

Et le lendemain les deux abbés se trouvent au grand lever de Louis XVIII, qui se meurt et ne se lève plus; et Miller, dans son cabinet, broche un magnifique discours de politique générale, pieuse, bouffonne, légère et sentie : Dieu et le roi ! paraphrases, périphrases, verbiage, hyperbole, élégance, sottise, redondance, sentences, amour, humanité et religion...

Superbe amphigouri que le centre et la droite applaudissent, que Benjamin-Constant persiffle, que Chauvelin hue...

Qu'importe, c'est la pierre lancée. On est content du zèle. Aussi les deux cadavres du frère et de la sœur disparaissent-ils sans éclat. Le père qui a corrompu sa fille est nommé chef de la police du frère du roi. On raconte une histoire : Le frère incestueux adorait sa sœur ; cet amour infâme l'a conduit au crime !

Et personne ne contredit...

Pauvres jeunes gens ! Pauvre frère ! que l'on déshonore odieusement dans sa tombe.

Pauvre petite sœur ! Pauvre enfant prostituée et assassinée à douze ans.

—

L'amour n'était pas loin, mais quoiqu'un peu sévère,
Il avait son sourire, son regard, son mystère.
DUCIS.

Depuis deux jours Paul et Louise sont restés seuls à s'aimer. Louise d'abord verse bien des larmes; elle se console. Remplie d'adresse, de ruse, elle a cessé de parler de leur course aux Champs-Elysées;

elle a vu la tristesse de son jeune ami. Mais
enfin elle ne résiste plus au désir qui la
presse : Paul, nous allons manquer d'argent,
dit-elle en hésitant. — Ce soir, Louise.

Le jeune homme a, chaque jour, envoyé
à sa mère adoptive un mot écrit ; il la rassure, il est occupé, il gagne beaucoup,
dit-il.

Mais Louise veut connaître Marie. Paul
élude. Il est si bien seul avec la jeune fille. A
quinze ans, l'amour qu'il lui porte ne sem-
blera-t-il pas une folie à sa mère ? Peut-être
les séparera-t-elle ?... Ne leur défendra-t-on
pas la vie d'artiste qu'ils ont choisie ? Car
Paul, afin de complaire à la fillette, approuve tous ses plans, se soumet en silence, est heureux d'un sourire, d'un baiser... D'un baiser ! le baiser de Louise est
tout son bonheur, car le feu qui le consume
brûle sans but dans son sein. Il aime, il
adore. Est-il aimé ? Il obtient un baiser... la
bouche de Louise se colle sur la bouche qui
l'appelle ; le jeune homme ouvre ses bras et

reçoit sur son cœur le poids adoré du corps
délicat de sa gentille maîtresse. De longs instans s'écoulent dans cette extase divine. Paul
ne dit qu'un mot, un nom, puis il soupire :
Louise! ah! Louise! toi et moi, aimons-
nous. M'aimes-tu? Ah! sois mon amie. Ta
pauvre mère!... elle connaît mon cœur à
présent! Louise! Louise! Louise! ma Louise,
ta mère est dans ciel; je lui dis que je
t'aime.

Deux enfans de quinze ans, maîtres de
leur vie, amoureux déjà!... Ah! Paul, prends
garde! Louise jouit de ta tendresse, elle est
fière de l'avoir inspirée... Mais le cœur de
Louise, Paul?... Paul, tu doutes; tu aimes
avec crainte, bon jeune homme; tu l'as de-
vinée coquette, ton amie... Coquette! quelle
femme n'est pas coquette, Paul?... Pour
plaire long-temps quelle femme n'est pas inspirée par son amour de se servir d'un lien
qui lui attache les cœurs? Mais Louise se
pare-t-elle uniquement pour te plaire? Sou-
rit-elle pour te séduire et te conserver?

Louise sent-elle dans son ame le bien-être
si vif que ton ame renferme? Pauvre jeune
homme, tu t'es donné, prends garde !... Mais
que faire?... Abandonnera-t-il l'orpheline?..
Idée effroyable !

Il a pensé, il a dit tout ce que nous venons
de répéter. Il a pensé dans les bras de la
jeune fille ; il a crié son amour... Elle s'est
soustraite à ses carresses... Il pleure, elle
revient à lui... puis elle le regarde... Mais il
y a de la science de femme déjà dans ce regard où la ruse, l'ironie, se mêlent à la candeur de son âge... Puis après un baiser encore, elle rappelle à Paul sa promesse : Tu
m'as dit à ce soir... le moment est venu. —
Partons, s'écrie le jeune amant plein de regrets, car sa vie entière s'userait dans les
bras de Louise ; toute idée étrangère à cette
félicité nouvelle l'accable d'ennui, de mor-
tels ennuis. Sa mère est oubliée ; le reste du
monde n'est plus. Elle et lui... Pauvre Paul !

Le concert a lieu. Les amateurs sont à
leur poste. Les vêtemens noires de Louise

indiquent sa situation nouvelle. Tiens, malheureuse orpheline, disent les bons cœurs en
lui offrant; tiens, jolie fillette, disent les
jeunes gens... Louise reçoit et salue. Sa mine
est composée; elle s'attriste ou s'épanouit
sans peine. Paul, entraîné par la musique,
enchante son cercle comme il a fait jusqu'a-
lors... Et la quêteuse se félicite de ses succès, par l'ample collecte qu'ils rapportent...
Mais rien pour l'artiste... Elle ne comprend
point; elle fait un état lucratif, excellent
état! Mais la musique?... Oh! l'argent, quelle
différence!

Ils vont terminer. Un domestique parle à
l'amie de Paul. Celle-ci suit, sans hésiter, cet
homme qui la conduit à une berline superbe
dont la portière est restée ouverte et le mar-
che-pied baissé. Une dame l'invite à monter; une dame parée richement, assise au
fond de l'équipage : Ma petite, voici mon
présent, dit-elle, c'est un Napoléon. —
Merci bien. Oh! que de bonté! s'écrie
joyeusement Louise. — Vous êtes gentille,

mon enfant! — Madame! — Très bien, et
puis vous êtes mise avec goût. — Madame...
— Je veux vous revoir, vous faire quelque
bien...Le jeune artiste?...—Ah! Madame, il
est bien honnête, bien bon ce jeune homme!
si vous saviez ce qu'il a fait pour nous... Ma
mère... — Il a pris soin de votre mère, je
sais... Mais, mon enfant, ceci ne peut
vous conduire toujours... Un moment d'entraînement peut-être... A votre âge il y a
tant de moyens de s'assurer un avenir brillant... Vous seriez charmante avec de la parure... jolis yeux, jolis dents blanches, lèvres
pures, jeunes et merveilles... Adieu, mon
enfant, retournez à votre état... Triste état,
ma fille.... on se perd sans bénéfice. L'âge
venu on est abandonnée, misérable...la belle
jeunesse dure peu... Je vous reverrai demain, Louise... on a prononcé votre nom.
— Louise, oui Madame, répond la pensive
jeune fille. — Hé bien donc, à revoir... silence... je vous veux réellement du bien.....
Adieu, petite!

Louise est retournée vers son ami; Louise est mélancolique : La parure m'irait bien... je fais un triste état... Mais que devenir? La parure... la joie... la fortune... une voiture... le spectacle... les plus belles fêtes que je ne connais pas... Oh! qu'il me tarde de revoir la dame qui me veut tant de bien, qui plaint mon sort, et qui me procurera peut-être les moyens de le rendre plus heureux, pense-t-elle en retournant à son logis.

Ils sont rentrés. Elle apprête avec lenteur le repas du soir. Paul, dont l'amour est craintif, questionne avec instance, et ne reçoit que de brèves et insignifiantes réponses. Tous deux, en proie à de pénibles réflexions, ils ne touchent point aux mets qu'elle a posés sur leur petite table. Oh! Louise, parle-moi; éprouves-tu quelque peine? Ah! dis-moi tes peines; tes peines sont ma joie, mon bonheur, si je les puis calmer.... Mais réponds donc! ne t'éloignes pas de moi... dis-moi tout... Qu'est-il arrivé? Ton regard se détourne; ton sourire a disparu. Ton sourire, à toi, c'est mon bien ; ton sourire de bonheur, ton regard si doux, sont toute ma vie... Oh ! ménage ma faiblesse... pour toi je suis prêt à tout entreprendre ; si tu pleures il faut que je pleure ; si tu souris, regarde-moi sourire... Tout à toi, je dois lire dans tes pensées ; ne sais-tu pas ce que j'ai dans le cœur.... Que redoutes-tu ?... Veux-tu que je m'éloigne ? T'a-t-on effrayée ? T'a-t-on reproché ta confiance, ton amitié pour moi ? Oh ! dis... dis, je t'en prie à genoux ! je veux te rassurer, te montrer mon respect ; mon amour, c'est ma vie d'abord, mais un mot de toi et je pars...

Louise fait un effort ; elle prend la main du jeune homme.—Tu es si jeune, dit-elle... — Jeune ! s'écrie-t-il, oui, quinze ans ! Mais mon âme a la vigueur et l'expérience que donnent le véritable amour et le malheur ! Jeune ! à quinze ans je me sens cœur et ame ! A quinze ans, Louise, je te puis protéger, car je t'aime avec passion, avec crainte, avec jalousie ! Je t'aime tant, Louise, que

ton idée m'exalte et me rendrait facile le
plus grand sacrifice. Sois heureuse ici... Oh!
on t'a tourmentée? on a jeté dans ton sein la
défiance... Louise, devant Dieu, je suis à
toi, tout à toi! Devant Dieu! entends-tu?...
et ta mère qui me donna son dernier soupir.
Pour l'oublier et te trahir il n'aurait pas fallu
la voir expirer confiante en ma probité!
Louise! Louise! elle pleurait sur toi... Moi
je m'agenouillai, j'ai fait un serment que je
veux tenir... Mais réponds-moi... pourquoi
ta triste préoccupation?.. Que veux-tu? Oh!
déjà ambitionnes-tu l'or, les plaisirs?... Hé
bien, écoute, je t'en apporterai, j'en gagne-
rai, j'en trouverai... Mon talent grandira
encore, va! je t'aime assez pour me surpas-
ser... On me donnera beaucoup; fidèlement
je t'apporterai ce qu'on m'aura offert. Est-ce
cela? Mais ton silence... Me haïrais-tu?... Si
tu ne m'aimais point je mourrais; je ne puis
cesser de t'aimer, moi; tu m'es nécessaire,
puisque tu me rends ingrat; près de toi j'oublie mon amie unique avant que je ne te con-

nusse, la protectrice de mon enfance abandonnée, ma mère à moi ! Près de toi je ne
me reproche point cette affreuse ingratitude,
car tu es ma vie, mon espérance ; tu es...

Il n'achève point. Ses yeux sont secs; il a
pensé aux dernières paroles de la mourante,
il croit les voir déjà réalisées. Non, pense-
t-il, elle n'a point un bon cœur; elle ne
m'aime pas, elle n'aime rien, elle sera égoïste
et froide, peut-être même, sans la nécessité qui commande, m'aurait-elle éloigné
d'elle...

Louise a presque deviné le silence du
jeune homme. Elle l'aborde, le regarde avec
douceur, passe ses bras autour de son cou...
Paul fond en larmes.

Il pleure; elle sourit. Elle s'essaie, la coquette. Il a pleuré, mais il sourit à présent.
Ah! déjà jaloux, s'écrie gaiement la jeune
fille, fière plus que touchée du sentiment
qu'elle a fait naître; jaloux! et son sourire
est tout resplendissant de finesse... Puis reprenant le caractère de l'enfance, elle em-

brasse son ami, elle l'invite à goûter à quelque chose... Elle s'assied tout auprès de lui,
sa main ne quitte plus la sienne. Paul touche
au verre qu'elle a rempli, qu'elle approche
de sa bouche, qu'elle retire avec grâce ; elle
achève d'en boire le contenu... elle cherche
pour ses lèvres la place où Paul a posé les
siennes... elle le regarde avec malice ensuite... Paul dans un transport de félicité
surhumaine, s'élance de son siége. Une idée
vive, un éclair, la foudre se sont succédées
dans son imagination. Il tremble, il veut être
rassuré complètement. La nature lui enseigne en cet instant ce que son innocence,
un bonheur paisible ne lui auraient point
sitôt appris ; il tient Louise serrée avec délices, il l'entraîne. La jeune fille pousse un
cri ; elle est effrayée... il ne l'entend plus...
Elle est tremblante, il n'essaie pas de rassurer son ame... N'a-t-elle pas posée ses lèvres
où ses lèvres se sont posées... C'est de l'a-
mour... Elle l'aime donc... Il faut quelle soit
tout à lui !

Oh! quelle fougueuse ivresse! quel avenir de pur bonheur t'est réservé Paul! A quinze ans une semblable passion, annonce un cœur que l'amour gouvernera. Mais la constance de tes affections, ta fidélité inaltérable te mériteront-elles une constance égale, une fidélité parfaite? Tu possèdes le corps et l'ame de Louise, elle t'aimera. Elle est à toi, tout à toi!... — A moi pour toujours! crie-t-il dans la folie de ce premier amour; sans crime désormais tu ne peux plus être à un autre, Louise!

Le lendemain, le jeune amant s'éveille dans les bras de sa maîtresse endormie; avec quelle tendresse de possession il la contemple. Rien maintenant ne doit plus altérer sa tranquillité. Elle a répondu à sa flamme dévorante par des soupirs d'abord, puis elle a partagé son bonheur. Des mots d'abandon ont retenti jusqu'au cœur de Paul. Elle a promis... elle se refusait... puis elle s'est livrée... et la voilà! Un songe heureux la berce: Ah! ne t'éveille pas Louise. Il la croyait froide, il a reconnu son erreur. Elle est à lui!... il contemple... il admire... elle est à lui! Il sait tout ce que le ciel accorde de véritables joies à ceux qu'il protége sur la terre. Ce bonheur intime est son bonheur. Sans lien il a vécu; à présent un fort lien l'enchaîne. A quinze ans il doit être grave, respectable même... Il a une femme à lui!... Il veut mériter l'estime, il veut être bon pour tous, il est si heureux! Elle est là, toujours-là... Oh! délices de la plus ardente volupté, nuit d'amour, réveil enivrant... Elle est là, confiante, toujours pure... Tous deux ils se sont instruits... Hier enfans... aujourd'hui amans...

Mais bientôt Paul se dégage des douces chaînes qui l'étreignent. Louise, accablée, pousse un soupir, et referme ses yeux encore chargés d'une langueur délicieuse. Il réfléchit profondément. Il calcule l'avenir qu'il réserve à son amie; il rougit de honte, maintenant, à la pensée de là conduire aux lieux où, ce qu'il reçut naguère avec orgueil, lui

semble une aumône avilissante. Tout-à-coup
l'idée de son protecteur du bois de Boulogne,
vient lui apporter l'espoir d'une occupation
honorable. Cet homme a beaucoup promis.
Il paraît riche; il peut donc leur être utile.

La journée s'avance. Paul sort avec précaution; il a écrit un mot à sa chère Louise :
Attends-moi, dit-il dans son billet, je serai
bientôt de retour....

Il part; il arrive à la porte Maillot; l'étranger le suit de près : Ah! Monsieur, combien
je me réjouis de vous revoir, s'écrie le jeune
homme en pressant son bras avec affection.
— Vraiment?.... j'en suis ravi!.... Qu'avez-
vous à m'apprendre? — Ah! Monsieur, un
secret.

Et Paul raconte toute son histoire d'enfance, de jeunesse, d'amant. L'inconnu rit,
écoute, s'enflamme. — Protégez-moi! dit le
candide adolescent; ramenez à la vie d'honnêtes gens deux êtres qui vous chériront
comme un père. Car, Monsieur, que devenir,
si avec un cœur tout plein de tendresse, disposé à la jalousie, il faut la montrer encore

à cette foule qui l'accablera de louanges pour
me la ravir?... Vous êtes bon, je le crois, vous
me connaissez à présent. Le malheur a frappé
ma première jeunesse en me privant des caresses d'une mère; enfant voué à la charité
d'une femme excellente, mais que son ame
a entraînée à une ruine complète, que ferai-
je? que deviendrai-je? car je ne suis plus
seul. Une jeune fille est à moi... tout à moi...
J'avais promis de la chérir comme ma sœur,
j'ai faussé ce premier serment... Par pitié,
vous qui paraissez humain, tendez à deux
malheureux qui s'aiment, une main bienfaisante. L'éducation que j'ai reçue peut
me servir; avec courage j'accèterai l'emploi
qui me sera offert... Mais que ma Louise
soit ce que sont les autres femmes; je la veux
honorée, modeste, timide, simple et bonne...
On me la perdra, Monsieur, si nous conti-
nuons à nous montrer ainsi... une jeune
fille... jolie! jolie! Oh! comment la voir et
ne la pas adorer... Et Louise tendant une
main humiliée devant moi! Cette pensée

m'est devenue affreuse! protégez-nous et comptez sur la reconnaissance de toute ma vie!

Les beaux traits de Paul, son langage animé, le pur amour qui rayonne dans son regard, causent à l'inconnu une émotion qui colore son front d'une rougeur singulière. Il n'a pas quitté la main que le suppliant jeune homme lui a présentée. Il rit toujours néanmoins; il écoute encore; sa bouche se tait... — Ah! dites-moi, s'écrie Paul après un silence d'attente, assurez-moi..... — Je puis beaucoup, et je vous le prouverai. Asseyons-nous sous cet abri, et causons.

Paul obéit. L'étranger se place à ses côtés. L'endroit du parc où ils se sont retirés est paisible, isolé. Nul témoin indiscret ne gênera leur confiance. Des arbres, courbés en dôme, les garantissent des reflets étincelans d'un soleil de feu. Le cœur du jeune amant, ce cœur naguère si léger, si nourri de la philosophie insouciante de son précepteur l'abbé, et de celle de Marie, que l'avenir n'occupa

jamais; cette nature si libre, cette gaieté si
bruyante, tout a fui de ce pauvre cœur que
l'amour a vieilli sitôt! il pense maintenant.
Homme avant le temps, sous l'enveloppe de
la plus séduisante adolescence, il appelle un
noble travail. Il ne craint point encore pour
lui... Son ame est toujours l'ame d'un enfant
que rien n'inquiète. Mais pour Louise...: oh!
Louise tu dois être heureuse... il le faut!
Ma vie, mon espoir, Louise!...

L'inconnu a lu sur les mobiles traits de
Paul les idées qui assaillent son imagination.
— Vous l'aimez donc bien sérieusement?
lui demande-t-il. — Ah! monsieur! cette
question?... votre sourire! Vous ne me croyez
pas, sans doute? — Mon sourire? ne vous y
arrêtez plus... Je ris aux éclats d'habitude!
c'est mon tempérament; le sourire dont vous
êtes surpris... c'est ma gravité la plus austère! Ainsi donc vous voilà amoureux?
raisonnons... D'abord je vous servirai... vous
vivrez... A présent écoutez-moi : Vous aviez
promis, jeune homme, au lit de mort d'une

mère infortunée, de respecter l'innocence
de son enfant... Et dès les premiers jours,
emporté par la fougue des passions, heureusement fort rares chez les jeunes gens de
votre âge, vous succombez!... — Ah! Monsieur, pitié! s'écria Paul baigné de larmes en
s'agenouillant. — Ne m'interrompez plus;
attendez sans impatience : Vous avez suc-
combé, disais-je, la nature vous a guidé, vous
avez obéi à la nature qui a jeté dans nos
ames le germe de tous les penchans, et certes personne n'a besoin, près des autres, de
plus de tolérance que moi; aussi votre
frayeur était-elle sans motif, je ne vous reproche rien.

L'inconnu fit une pause; son œil observa-
teur parcourut tout entier Paul, rempli d'attention. Ce dernier rassuré écoutait dans le
plus profond silence; notre moraliste poursuivit de la sorte.

— Or donc, puisque nous apportons avec
nous ce que les hommes sont convenus de
nommer vice ou vertu, voyons d'abord si

quelque chose est, ou peut être réellement
blâmable aux yeux de l'humanité.

Nouveau silence encore. — Car, reprit
bientôt après le philosophe, je vous aime, vous
entrez dans la vie couvert du prisme qui
toujours a faussé les idées de la jeunesse sur
le vrai et le faux, le bien ou le mal. Compre-
nez-moi et soyez heureux. On trouve dans
le monde une idée admise, une pensée de
convention, fort peu rationnelle selon moi.
Les hommes ont donné le nom de crime a
tout ce qui sort de la ligne ordinaire du devoir, ou des usages reçus... Les sots! un
crime!... il en est un... un seul... Ce crime,
c'est le manque de foi en matière de probité
positive. Car la probité entretient la richesse,
et la richesse voilà le bonheur. Ce bonheur
consiste à satisfaire ses goûts de mille manières, toutes utiles à la société en général.
Je suis riche, par exemple, moi; qui m'a
poussé à la fortune? l'intrigue peut-être?...
qu'importe! puisque je prouve par ma quiétude parfaite que rien n'a souffert, que nul

être, un peu doué de sens, n'a droit de me la reprocher; puisque mon moyen fut simple, naturel, permis... Qu'est-il arrivé? ma fortune, dont la source est cachée, a servi ostensiblement à secourir quelques infortunés, à mettre dans l'aisance ceux qui ont eu recours à moi; et pourtant, jeune homme, on me blâmerait, si me portant moi-même au-dessus du préjugé, j'avouais...

Nouvelle interruption. Paul jusque-là semblait comprendre; mais rien dans son geste, n'encourageait à poursuivre le moraliste. Il réfléchit, puis en souriant toujours il reprit la parole : Donc la probité, mon ami, dit-il, cette probité unique, cette confiance qui assure à chacun, sa part du bien-être commun, est la seule vertu recommandable, utile, et digne de louange. Cette probité là, je la possède entière; aussi me crois-je sincèrement vertueux. Quant à ce qu'on est convenu d'appeler vice? Ah! ah! ah! il est un vice assurément, un seul vice... c'est le scandale. Mais admirez l'aberration de notre miséra-

ble esprit. Vice! défaut! on me reproche à
Paris tel vice; hé bien je prends la poste je
pars, je m'éloigne, je vais à la recherche d'un
lieu où mon vice si atroce, tant crié, vili-
pendé, honni, est admis publiquement comme
vertu exemplaire! Or, admettez-vous que ce
qui est mal, vraiment un mal dangereux,
puisse être ailleurs considéré comme qualité,
comme ornement, ou sagesse? Non!

Pour preuve : je vois une quantité d'individus par état et par inclination. Je recherche les plaisirs que j'idolâtre. Hé bien, chez
les uns on blâme ma gaieté qu'on recherche
chez les autres... Ma gaieté est-elle plus ab-
surde, plus inconvenante ici qu'ailleurs?
Assurément non. Le tempéramment colore,
ou amoindrit. Ma gaieté m'amuse, mais elle
frappe différemment ceux qui l'aperçoivent. Je me ris du blâme ou de l'approba-
tion, je dois être gai, né gai; si je fusse
venu triste sur la terre, j'encourrais les mêmes chances de blâme ou de succès. Il est
impossible de vaincre ou d'amener à soi les

sots qui pullulent. Le beau de l'existence est d'en jouir. Les passions mettent en relief ou absorbent la plus ferme volonté. Chercher à leur mettre un frein, c'est folie. J'ai, moi, épousé une femme fort ordinaire, je la rends heureuse, ce qui vous montre jusqu'à l'évidence la sagesse de mon raisonnement. Sans amour pour elle, je me suis laissé aller à mon penchant. Je suis bon... si je l'eusse aimée... qui sait? Car aimer! Est-on libre de se choisir un amour? Aimer, c'est ennoblir l'espèce humaine. J'aime et je suis meilleur. Qu'importe l'être qui m'a séduit. Et si mon cœur trouve sa joie dans le sentiment qu'il éprouve, qui donc oserait blâmer mon cœur? Puis-je lui commander de se choisir les objets de son culte? Non! les hommes sont nés ce qu'ils seront toujours. Les vices, les vertus, les crimes, puisque l'on est convenu de prodiguer ces noms-là à tort à travers, sont dans notre essence prédestinés. Rien n'est mal en soi, rien n'est bien, puisque le malheureux qui *déplait* souffre, et que celui dont la société se loue, parce qu'elle en tire bénéfice, se loue lui-même, est heureux de sa vanité, et par suite doit être pris comme un être privilégié ; le coupable et l'honnête homme suivent en tout chacun son instinct naturel.

— Ah ! Monsieur, votre raisonnement est admirable ! Non ! s'écria Paul qu'un seul sentiment absorbait, non ! on ne peut point résister à son ame. Qui m'aurait dit quand, pour la première fois, je volai au secours de celle que j'idolâtre, quand couverte des lambeaux de la misère, quand sollicitant du passant l'aumône humiliante, que peu de jours ensuite son regard me donnerait le bonheur ou le désespoir, à moi qui n'avais connu de l'existence que ce qu'elle accorde à mon âge : le plaisir sans saveur, et la liberté du pauvre ! Oh ! vous me rassurez ! Un remords, la honte d'avoir failli, tourmentaient mon esprit. Maintenant je comprends mieux ma position. Oui, les passions commandent impérieusement. Je fus coupable sans prémé-

ditation. Tout-à-l'heure je trouvais mon bonheur criminel, dès-lors je vous ai bien compris; je sais l'engagement qui m'enchaîne.
Mais j'aime ma Louise.... Louise, rien n'est
si beau pour moi! Je la préfère à tout ce que
je regarde! Je cherche vainement à lui com-
parer une autre femme! Elle et moi... Oui!
oui! n'est-ce pas que je ne mérite point le
blâme? J'ai besoin de cette assurance....
donnez-la moi!

Le jeune homme s'élance sur la poitrine
de l'inconnu : Mettez le comble à vos bien-
faits, murmure-t-il; je vous prie pour elle!
elle seule! Oh! si je pouvais la parer de mes
mains, la conduire avec orgueil! Oui, la richesse donne le bonheur. Si j'étais riche,
avec transport je satisferais tous ses désirs...
ses volontés me trouveraient soumis. Car,
Monsieur, mon amour est une joie si vive,
depuis un instant surtout, que je crains d'en
perdre la raison, cette heureuse raison qui
me transporte, m'enivre... Protégez-moi, et
si mes instances ne vous décident point

vous la montrerai ! Vous verrez ma Louise,
alors toute votre bienveillance nous sera assurée !

Mais un bruit rapproché, met un terme aux
pressantes instances de Paul. L'inconnu, par
un mouvement d'effroi, veut se dégager des
bras qui le pressent. — Laissez-moi, dit-il
brusquement. — Vous aurais-je donc déplu,
s'écrie l'adolescent.

— Quelle infâmie ! prononcent en même
temps deux hommes qui s'élancent, quelle
scélératesse ! Corrompre un enfant !

Puis, l'un d'eux se saisissant de l'inconnu.
— Je savais vos manœuvres, lâche ! Nous
avons entendu vos infâmes, vos corruptives
maximes... Nous vous surveillions depuis
longtemps. Le moment est venu de mettre
un terme à de pareils déréglemens. Suivez-
moi. J'ai l'ordre de vous arrêter.

Et l'autre à Paul. — Quoi ! misérable, tu
nous déshonorais de la sorte ! Quoi ! tu im-
posais par un mensonge à cet homme vicieux ?... Mon frère, tu osais... — Moi vo-

tre frère, s'écria Paul en l'interrompant...
votre frère...... Mais je ne vous connais
pas !

— C'est assez, ajoute le premier interlo-
cuteur, suivez-nous tous deux; soumettez-
vous sans éclat, de bonne grâce, ici près
nous tenons des gens disposés à nous donner
main forte !

En cet instant l'inconnu se trouble. —
Vous êtes dans l'erreur; je vous jure, balbu-
tie-t-il.

Puis une explication abominable s'engage.
Paul, hors de lui, se croyant en butte à une
vision pénible, écoute sans entendre, ne re-
venant point de la surprise que lui cause le
faux titre que l'un des malfaiteurs lui a
donné : Ce sont des voleurs, pense-t-il, que
faire ?

Involontairement il s'écrie; et brave, courageux, il attaque l'un de ses antagonistes.
— Arrêtez, malheureux! Silence, lui dit l'inconnu; silence.... car vous êtes leur complice !

Puis il sort une bourse qu'il offre. — N'a-vez-vous que cette somme? demande le pré-tendu frère de Paul. — Non. — Nous voulons votre portefeuille... Qui êtes vous ? — Vous ne le saurez pas!

Les bandits furieux se précipitent sur leur proie; ils dédaignent les efforts du pauvre jeune homme. Bientôt l'étranger est terrassé, il pousse un sourd gémissement, son sang coule, il se raidit; convulsivement agité il se tort et s'évanouit...

Paul, en cet instant, se roule dans le pa-roxime d'un effrayant désespoir. Il appelle ; il demande des secours, inutilement.

Les scélérats ont terminé leur œuvre in-fernale; ils prennent la fuite. L'inconnu, sans vie, git à deux pas du pauvre Paul qui, effrayé à son tour, se relève. L'horreur s'empare de tous ses sens. Sans savoir à quoi se résoudre; il s'éloigne, l'air hagard, les vêtemens en désordre. Attirés par ses cris, deux gendarmes l'aperçoivent en cet état déplorable, l'arrêtent, le questionnent. Ses réponses sans suite, ses larmes abondantes, inspirent quelques soupçons. D'un commun accord on se décide à s'emparer de lui. Un soupir, une plainte partis à quelque distance donnent l'éveil. Pendant que l'un des soldats garotte le malheureux jeune homme, l'autre s'avance et découvre le corps percé de plusieurs coups...

Paul est un assassin !...

— Qu'osez-vous dire? juste ciel! Moi! moi! qui tiens tant à la vie! Moi, qui suis le seul appui d'une jeune fille que j'aime.... un assassin! Laissez-moi!

FIN DU 1er VOLUME.

GAGLIOSTRO

ou

L'INTRIGANT ET LE CARDINAL,

Par l'Auteur des *Mém. de M*ᵐᵉ *Du Barry*, 2 v. in-8. 15 f.

LE BOSQUET

de Romainville,

Par M. TOUCHARD-LAFOSSE, 2 vol. in-8. 15 fr.

LA FILLE D'UN OUVRIER.

Par EUGÈNE DE MASSY. 2 vol. in-8. 15 fr.

MADEMOISELLE

DE ROHAN,

Par le Baron de LAMOTHE-LANGON. 2 vol. in-8. 15 fr.

L'AUDITEUR AU CONSEIL D'ÉTAT,

Par Mᵐᵉ la comtesse O. D., auteur des *Mémoires sur Louis XVIII*, de la *Femme du Banquier*. 2 vol. in-8.

Prix : 15 fr.

LA

GRANDE DAME

ET LA

JEUNE FILLE,

Par Maximilien Perrin, 2 vol. in-8°. 15 fr.

LES

MAUVAISES TÊTES,

Par le Même, 2 vol. in-8. 15 fr.

LE PRÊTRE

ET LA

DANSEUSE,

Par le Même, deuxième édition, 4 vol in-12. 12 fr.

LA FEMME ET LA MAITRESSE,

Par le Même, 2 vol. in-8. 15 fr.

LES REVERBÈRES,

CHRONIQUES DE NUIT

DU VIEUX ET DU NOUVEAU PARIS.

PAR M. TOUCHARD-LAFOSSE.

6 vol. in-8. 45 fr.

LA BELLE PICARDE

par Carle Le Dhuy. 2 vol. in-8. 15 fr.

—

MONSIEUR ET MADAME

ROMAN DE MOEURS,

par le baron de Lamothe-Langon. 2 vol. in-8. 15 fr.

—

UNE FEMME DE CHAMBRE,

ROMAN DE MOEURS.

par Marie Aycard, auteur de *Marie de Mancini*, etc. 2 vol. in-8. 15 fr.

—

Le Roi des Halles,

CHRONIQUE DU PALAIS-ROYAL.

Par l'Auteur de *Madame de Parabère.*
2 vol. in-8. 15 fr.

—

La Femme aimable

MOEURS THÉATRALES.

par L. Couailhac, auteur de *Avant l'Orgie.* 2 vol. in-8. 15 fr

LAGNY. — Imp. d'A Le Boyer et Comp.